Jan Berger

BENTS INSEL

AF281361

Als Gestrandeter auf einer abgelegenen Insel muss sich Frank einer Menge lebenswichtiger Fragen stellen.

Hierbei entdeckt er einen wie speziell für ihn gemachten Sinn des Lebens und lernt nicht nur, seine bisherigen Zukunftsängste zu besiegen, sondern auch cooler und ausgeglichener zu werden.

Was Frank hierfür tun muss, ist, seine eigenen Werte sowie die ableitbaren Lebensziele klar zu benennen und dauerhaft zu bedienen.

Für all das braucht Frank jedoch die Menschen jener Insel.

Denn ohne Freundschaft ist alles nichts – dabei ist es so einfach, neue alte Freunde zu finden.

Und die gibt es nicht nur auf abgelegenen Inseln – es gibt sie überall.

Depressionen, Unzufriedenheit, Lebensunlust oder die Angst vor dem Tod – die Mutmach-Geschichte zeigt Wege auf, derlei Bedrohungen zu entgehen, sich positiv zu konditionieren und den wirklichen Sinn des Lebens für sich zu entdecken.

Jan Berger

BENTS INSEL

Eine kleine Geschichte über den Sinn des
Lebens in schwierigen Zeiten

Impressum

Bibliografische Information der Deutschen Nationalbibliothek:
Die Deutsche Nationalbibliothek verzeichnet diese Publikation in der Deutschen Nationalbibliografie; detaillierte bibliografische Daten sind im Internet über http://dnb.dnb.de abrufbar.

2. Auflage

© 2022 Dr. Jan Berger

Herstellung und Verlag: BoD – Books on Demand, Norderstedt

ISBN: 978-3-7568-5031-0

Für

Veronica, Anja und Lennart

Inhaltsverzeichnis

Einleitung

Ursprünglich wollte ich diese Geschichte lieber für mich behalten – man würde sie mir ja doch nicht glauben.

Gleichwohl haben die folgenden Ereignisse mein Leben verändert – nein, jetzt untertreibe ich –, sie haben es total umgekrempelt, mich aus meiner vorgezeichneten Bahn geworfen. Nicht mehr und nicht weniger.

Doch meine Geschichte hätte ebenso jedem anderen passieren können – mit allen Konsequenzen. Deshalb will ich nun nach reiflicher Überlegung berichten, was sich damals zugetragen hat.

Ohne die Geschehnisse auf jener Insel wäre ich ewig derselbe geblieben. Ich würde immer noch glauben, was mir diejenigen, die es garantiert gut mit mir meinen, ans Herz legen. Damit alles in meinem Leben weiterhin richtig läuft, ich Erfolg haben und glücklich sein würde und ein wertvolles Mitglied unserer Gesellschaft sein könnte.

Zumindest Letzteres hätte ich ohne die ganzen Veränderungen, die mich nun überwältigt haben, auch sein können. Aber welchen Preis hätte ich zahlen müssen, um »wertvoll« für die Gesellschaft zu sein?

Höchstwahrscheinlich hätte ich mich zusehends niedergeschlagen, unglücklich und unzufrieden gefühlt – wäre aber einer jener guten Kerle gewesen, für die die Nachwelt später nur herzerwärmende Worte übrig hat. Jedenfalls ein Weilchen lang, bevor man sie dann endgültig vergisst.

Denn das ist der Lauf aller Lebensgeschichten. Manche Menschen ereilt dieses Vergessen bereits vor, manche unmittelbar nach ihrem Ableben, andere erst nach mehreren hundert oder gar einigen tausend Jahren. Doch wo ist da der Unterschied, gemessen an den Zeitmaßstäben des Universums?

Heute kann ich behaupten, dass ich mitten im Leben stehe – und zwar in meinem, für mich persönlich so wichtigen Leben. Ich weiß endlich, wofür genau es gut ist und weshalb ich existiere.

Vertrautes erscheint neu, und ich berausche mich mühelos an Selbstverständlichem. Es gibt keinen Tag, an dem ich mich nicht freue, ihn anpacken zu können.

Und das nur, weil ich an einem schönen Urlaubsort meiner dringend nötigen Erholung vom Alltag nachkommen wollte, doch dann auf jener bemerkenswerten Insel gelandet bin – mit all diesen außergewöhnlichen Menschen.

Viele Antworten auf schwierige Fragen trug ich schon immer in mir. Schemenhaft verwischt, verschüttet, in redlicher Absicht unterdrückt, als unrealistisch und kontraproduktiv abgetan – zu meinem eigenen Besten, wie ich mir stets sicher war. Aber dann, ich muss es mir heute eingestehen, doch nur zu meinem eigenen Schaden,.

Diese einstige Weigerung, Antworten freizulegen, führte zu immer gewaltigeren Fragen an das Leben. Dabei wurden unausgesprochene Ängste – auch vor der Endlichkeit des Seins – in mir geschürt.

Genau so war das früher mal. Heute kann ich nicht mehr nachvollziehen, weshalb ich mir dieses, mein einziges Leben dereinst selbst kaputtmachen wollte.

Die Inselbewohner, denen ich so viel verdanke, fehlen mir besonders dann, wenn die Zeiten schwierig für mich sind. Aber sobald dies der Fall ist, vergegenwärtige ich mir, dass ich diese Menschen doch gar nicht mehr in Anspruch nehmen muss. Es genügt mir zu wissen, dass sie irgendwo auf dieser Welt existieren und dass ich mit meinen Gedanken bei ihnen sein kann.

Ich glaube, ich hatte damals sogar vollkommen vergessen, mich angemessen bei ihnen zu bedanken, bevor ich abgereist bin. Aber sie werden mir das nicht krummnehmen – so sind die nicht.

Falls ich jemals wieder zu der Insel aufbreche, werde ich dort nur Freunde antreffen. Und es wird sein, als wäre ich nie weggewesen.

1 Der Unfall

Das Rauschen des Meeres mischte sich mit einem dumpfen Rumpeln. Im rhythmischen An- und Abschwellen der Geräusche wurde das kleine Boot regelmäßig angehoben. Noch immer benommen – ich wagte es kaum, mich zu bewegen – wälzte ich mich langsam auf die Seite und stemmte mich hoch, die Arme auf die Bordwände gestützt, um meine Position zu stabilisieren.

Der Bug der Segeljolle wurde von der Brandung immer und immer wieder gegen Felsblöcke geschoben, die dieser Steilküste vorgelagert waren.

»Wahrscheinlich bin ich auch am ersten Rumms auf diese großen Steine aufgewacht«, reimte ich mir zusammen.

Meine Glieder waren steif und ich zögerte den Moment des schmerzhaften, vollständigen Aufrichtens hinaus. Immerhin lag ich für einige Stunden regungslos in der unkomfortablen Jolle.

»Da ist mir gestern ein echt bescheuertes Malheur unterlaufen«, sortierte ich meine Gedanken. Ärger stieg in mir auf.

»Aber nun mal ganz ruhig!«, beschwichtigte ich mich, »Du bist noch am Leben und die Morgensonne schickt ihre ersten wärmenden Strahlen. Die Morgensonne?«

Es war vorgestern Abend, als ich nach einer schier endlosen Autofahrt wie gerädert an meinem Urlaubsort hier unten an der Mittelmeerküste angekommen bin. Obwohl ich vollkommen platt war, empfand ich die darauffolgende Nacht im Hotel nicht gerade erholsam. Die ungewohnte Umgebung, die Hitze, der Lärm draußen. Also ging's am Morgen des ersten echten Urlaubstages zunächst mal an den Strand.

»Ein großes Badetuch, Sonnencreme, ein gutes Buch und etwas Geld für den Cappuccino in der Strandbar – was braucht es mehr, um sich so richtig zu entspannen?«, versuchte ich mich zu überzeugen.

Ja, ja – Pustekuchen. In Wahrheit hing ich stundenlang grübelnd meinen Problemen und Versäumnissen in der Firma nach.

Mit Gedanken wie »Was hätte ich unbedingt noch erledigen müssen, um wirklich guten Gewissens verreisen zu können? Um was muss ich mich gleich nach meiner Rückkehr kümmern, damit nichts anbrennt?« zermarterte ich mir das Gehirn.

Die Abreise in den Urlaub war wie immer gelaufen. Anstatt am Vortag schon früher nach Hause zu gehen, um in Ruhe zu packen, bin ich mal wieder spät nachts aus der Firma gekommen. Bei jedem Aufbruchsversuch fiel mir ein anderer, offener Vorgang in die Hände, der unmöglich unbearbeitet bleiben konnte.

Einen stressigen Reisetag und eine unruhige Nacht später war ich also endlich im Urlaub angekommen, lag am Strand und dachte nach.

»Was passiert im Moment wohl in der Firma – ohne mich? Gegen mich vielleicht. Ja genau! Der Vollhorst aus der Nachbarabteilung wird meine Abwesenheit doch bestimmt nutzen, um ein paar fiese Machenschaften vom Zaun zu brechen. Kollegen gegen mich aufwiegeln. Fake Facts über meine Arbeit in die Welt setzen. Und das alles, während ich hier rumliege und versuche, mich krampfhaft zu entspannen.«

Am Nachmittag dieses unseligen Strandtags musste ich alle Willenskraft aufbieten, um nicht zum Hotel zurückzugehen und mein wohlweislich dort zurückgelassenes Smartphone zu holen. Mir wurde klar, dass ich mich unbedingt zu einer Ablenkung zwingen musste, damit ich mich nicht noch aus der Ferne in Firmenprozesse einmischte.

Kaum fünfzig Meter entfernt gab es einen Segelbootverleih. Den ganzen Tag über beobachtete ich, wie andere Strandurlauber mit den Mietbooten rumschipperten und wie sie sich dabei anstellten.

»Schade, dass ich selbst kein richtiger Segler bin«, bejammerte ich meine fehlende Erfahrung. Ich hatte vor einigen Jahren lediglich ein paar rudimentäre Kenntnisse an einem Baggersee erworben.

Eine innere Stimme forderte meinen Ehrgeiz heraus: »Aber andererseits ... mit so einer Jolle ein bisschen vor dem Strand hin- und herzukreuzen solltest auch du noch schaffen.«

Mein Beschluss stand fest – lange genug hatte ich den anderen Urlaubern bei ihren mitunter dilettantischen Manövern zugesehen.

Kurze Zeit später schob ich eine türkisfarbene Jolle vom Strand weg ins kniehohe Wasser. Mit Schwung wälzte ich mich über die Bordkante nach drinnen, belegte die Leinen, und schon kam Ruhe ins Boot. Das Segel fing Wind und das kleine Wasserfahrzeug bewegte sich vom Strand weg aufs offene Meer hinaus.

»Jetzt erst mal raus und weg«, jubilierte ich innerlich. »Faszinierend, wie schnell man mit dem kleinen Boot doch so weit kommen kann«. Als ich nach hinten blickte, erschienen die Menschen am Strand winzig klein.

Die Jolle legte sich auf einmal weit auf die Seite – bestimmt weil ich soeben aus der Bucht und somit aus der Landabdeckung der Steilküste herausfuhr. Der hier draußen wesentlich stärkere Wind hätte das Boot fast umgeworfen.

»Gerade noch mal Glück gehabt«, stellte ich erleichtert fest. Denn ob ich es vermocht hätte, ein gekentertes Boot in diesem Seegang aufzurichten und vom Wasser aus wieder hineinzuklettern, war mehr als fraglich. Ein toller Schwimmer war ich noch nie.

»Aber jetzt solltest du dein Schicksal nicht weiter herausfordern und dich schnurstracks auf den Rückweg machen«, ermahnte ich mich.

Doch genau von diesem Moment an ging alles schief.

Es fing damit an, dass ich die Leine, die den Großbaum hielt, zu lösen versuchte. Großbaum hieß der waagerechte Aluminiumbalken, welcher sich unten am Mast befand und an dem die Segelunterkante befestigt war.

Ich öffnete zwar die zugehörige Halteklemme, die mittig auf dem Bootsboden saß, aber die dämliche Leine löste sich trotzdem nicht.

»Alles kein Hexenwerk«, beruhigte ich mich, »natürlich kann sich eine Leine nicht bewegen, solange man auf ihr kniet.« Auf kleinen Booten war man sich mitunter selbst im Weg.

Ich rutschte aus der Mitte und hob mein Knie an, schob dabei aber unweigerlich die Steuerpinne zur Seite. Aufgrund der hierdurch eingeleiteten Drehbewegung des Bootes kam der Wind nun von der anderen, also der falschen Seite. Der Großbaum beschloss somit, ebenfalls abrupt die Seite zu wechseln.

Immerhin wusste ich, dass man sich auf kleinen Booten immer gut ducken musste. Doch dieser unselige Alubalken war eine Zehntelsekunde schneller als meine Erkenntnis. Um mich herum wurde es dunkel.

2 Am Strand

»Wo um alles in der Welt bin ich hier? Was ist passiert?«, murmelte ich vor mich hin, während ich mich von meinem harten Lager hochrappelte und mich umsah.

Es dauerte ein paar Sekunden, bis die Erinnerung zurückkehrte – an den Urlaub, den Segelausflug und den Unfall. Ich saß in einem schaukelnden Boot, dessen weit ausgestelltes Segel im Wind flatterte. Mein Schädel dröhnte dumpf und im Brustraum verspürte ich einen undefinierbaren Schmerz. Jetzt wurde mir klar, wieso. Ich lag bis soeben mit leicht verdrehtem Oberkörper über der Steuerpinne und hatte sie so offenbar die ganze Zeit mittschiffs fixiert. Bequem war diese Lage nicht.

»Na wenigstens scheint nichts angeknackst zu sein«, konstatierte ich, nachdem ich mich überall vorsichtig abgetastet hatte.

Wie es aussah, war das Boot nach dem blöden Schnitzer mit diesem Alu-Baum einfach weitergefahren, und es war pures Glück, dass ich nicht über Bord gegangen bin. Denn wenn man bewusstlos war, hätte so etwas fatale Folgen gehabt.

Doch jetzt war ich irgendwo entlang der Küste wieder angetrieben worden, das Boot musste zurückgefahren sein.

»Komisch«, grübelte ich, »der Wind hat also irgendwann um 180 Grad gedreht. Aber ich war auch unfassbar lange ausgeknockt, eine ganze verflixte Nacht lang. Da kann viel passieren.«

Die Bucht, von der ich aufgebrochen bin, war das jedenfalls nicht. Denn die lag zwischen zwei Steilküsten. Hier aber lief der Strand rechts von mir endlos lange weiter.

Ich widerstand der spontanen Versuchung, so schnell wie möglich an Land zu klettern. Das Boot würde an den Felsen mit der Zeit beschädigt oder gar komplett zertrümmert werden.

»Du darfst es nicht sich selbst überlassen, sondern musst es zuerst sichern«, meldete sich mein Verstand zurück.

Die scharfkantigen, riesigen Steine vor mir luden mich außerdem nicht gerade zu einem barfüßigen Landgang ein.

»Also mit dem Boot rüber zum Strand!«, befahl ich mir.

Denn Strand bedeutete Strandbars und Hotels, und vor allem, Leute mit Handys. Ich musste unbedingt den Bootsverleih kontaktieren.

Sehen konnte ich von alledem jedoch nichts. So sehr ich mir sonst menschenleere Strände wünschte, in meiner aktuellen Situation fand ich es zum Heulen, dass an diesem Strandabschnitt absolut tote Hose herrschte. War wohl zu früh am Morgen.

Ich zog mich vollends hoch und hielt mich am Mast fest. Die Segel ließ ich zunächst weiter im Wind flattern. Zwischen zwei Brandungswellen stieg ich mit wackeligen Knien rasch auf einen Stein über und schob das Boot während des Wiedereinsteigens von den Felsen weg. Der Schwung der kurzen Rückwärtsfahrt genügte, um den Bug dank der voll eingeschlagenen Pinne wieder seewärts auszurichten. Schnell zog ich die Leine an, die den Alu-Baum hielt, und schon fasste das Segel den Wind. Mein Boot nahm Fahrt auf. Da die Brandung gegen mich arbeitete, kam ich nur mühsam von der Küste frei. Aber um die Felsenformation herum bis zum sicheren Sandstrand war es zum Glück nur eine kurze Strecke – wenige Minuten später hatte ich sie ohne Zwischenfälle bewältigt.

Auf dem letzten Stück, bevor das Boot auf den Strand lief, schwang ich mich nach draußen ins flache Wasser. Mit aller übrig gebliebenen Kraft zerrte ich den Kahn weiter den Strand hoch, damit das Meer ihn sich nicht zurückholte.

»Was für ein großartiges Gefühl, wieder festen Boden unter den Füßen zu haben!«, stellte ich fest.

Mit zittrigen Beinen lehnte ich mich ans Boot und sah zum Meer zurück. Aus mir sprach die pure Erleichterung.

3 Erkundung

Während ich die wild flatternden Segel runterzog, um sie zu verzurren, wanderte mein Blick den schier endlosen Sandstrand entlang. Er schien am Ende in einer Linkskurve hinter einem parallel laufenden, hohen Pinienwald zu verschwinden.

»Echt merkwürdig«, grübelte ich, »es ist hier vollkommen menschenleer. Womöglich bin ich in einem Naturschutzgebiet oder einem militärischen Sperrgebiet gelandet.«

Meine Gedanken kehrten zu den Leuten vom Bootsverleih zurück: »Die haben mich doch aus der Bucht fahren sehen. Und auch wenn sie den Unfall auf diese Entfernung nicht hatten beobachten können, sie müssen sich doch gewundert haben, dass ich nicht zurückgekommen bin. Sie hätten mit ihrem Motorboot nach mir suchen müssen.«

Ich tappte ein paar Schritte ans Meer zurück – in die Richtung, aus der ich gekommen war und wohin ich zurück musste. Als das anbrandende Wasser meine Zehen umspülte, blieb ich stehen. Immer wenn es sprudelnd ablief, sackte ich ein Stückchen tiefer ins Sandbett ein. Das Meer direkt vor mir leuchtete türkisblau und verwandelte sich weiter draußen in ein

Dunkelblau – gelegentlich gesprenkelt mit den weißen Schaumkronen kleiner Wellen.

»Wenn ich mich jetzt nicht in dieser saublöden Situation befinden würde, könnte das gerade ein richtig schöner Moment sein«, ging es mir durch den Kopf.

Wie ich da mit dem in der leichten Seebrise flatternden T-Shirt so am Strand stand, konnte ich trotz nasser Badeshorts nicht anders, als diesen Moment ein kleines bisschen zu genießen. Die immer kräftiger werdenden Sonnenstrahlen wärmten mich, und meine Nackenhaare stellten sich im milden Gänsehautwind leicht auf.

Doch gleich darauf fing ich wieder an, intensiv nachzudenken und dabei zwischen Boot und Wasser hin und her zu marschieren – das überschüssige Adrenalin wollte abgebaut werden. Hinter den schmerzenden Schläfen pulsierte mein Blut.

»Natürlich müssen die vom Bootsverleih gemerkt haben, dass ich fehle«, grummelte ich vor mich hin, »aber wegen eines dusseligen Touristen werden die nicht gleich die Küstenwache alarmieren, auf dass eine große Suchaktion gestartet wird. Die dachten sich bestimmt, dass ich ein paar hundert Meter weiter angelandet bin, mich in einer Strandbar zugeballert habe und mich nicht mehr um die Bootsrückgabe scherte. Spätestens am nächsten Morgen würde ich reumütig wieder aufkreuzen. Sowas kannten die wahrscheinlich schon – denn welcher Hotelgast entführt schon eine Segeljolle?«

Doch jetzt war eine ganze Nacht rum und ich war immer noch nicht zurück.

»So ein verdammter Mist! Der Urlaub fängt ja gut an«, fasste ich die Situation mit einer mächtigen Portion Wut über mich selbst zusammen.

»Ich muss dringend an ein Telefon kommen, bevor die tatsächlich was lostreten und ich dann wie ein kompletter Idiot dastehe.«

Entschlossen drehte ich mich um und starrte landeinwärts. Direkt vor mir, zwischen der hohen Felsenküste zu meiner Linken und dem langgezogenen Pinienwald zu meiner Rechten, öffnete sich das Gelände. Dorthin stieg der Strand an, so dass ich nur bis zu dieser Anhöhe, nicht aber weiter ins Landesinnere sehen konnte. Oben stand eine Dreiergruppe windschiefer Pinien. Der Sand ging dort in harte, trockene Erde über. Verdorrte Sträucher, die nach links bis zu den Felsen hinauf wucherten, nahmen nunmehr einen breiten Raum ein. Nur vereinzelt schmuggelten sich Blätter in das ausgemergelte Strauchwerk – olivgrüne Farbtupfen vor braungrauem Hintergrund.

»Du musst jetzt endlich in die Gänge kommen«, trieb ich mich an und spurtete den Strand hoch.

Auf meiner Stirn standen trotz des frühen Vormittags Schweißperlen. Das würde ein heißer Tag werden, wenn der Sand jetzt schon so aufgeheizt war, dass man nicht lange an derselben Stelle stehenbleiben konnte.

Mein Gaumen war vollkommen trocken. Ich strebte dem Schatten der Piniengruppe entgegen. Von dort würde ich das Hinterland überblicken können, und dann würde es endlich weitergehen.

»Ich kann es nicht fassen!«, entfuhr es mir, an den Stamm einer dieser Pinien gestützt, bei dem, was dort vor mir lag.

Ich kniff die Augen zusammen, aber sofort sickerte brennender Schweiß von den Wimpern ein. Nachdem ich ihn mir mit dem Handrücken abgewischt hatte, schaute ich ein weiteres Mal hin – doch an dem Anblick hatte sich nichts geändert.

»Das ist einfach nicht wahr!«, sagte ich laut und schüttelte den Kopf.

Ich stierte nochmals zurück, wie um mich zu vergewissern, dass dort außer Boot, Strand und Meer nichts war. Denn vor mir gab es ebenfalls nur nichts. Überhaupt nichts. Eine leere, riesige Lichtung mit dürrem Grasbewuchs. Überall, wo ich den harten, spröden Boden zwischen Gräsern und Strauchwerk ausmachte, hätte es sich zwar um einen Weg handeln können – aber alle diese vermeintlichen Wege sahen gleich aus. Auf steinharter Erde waren Trampelpfade eben schwer zu erkennen.

Weiter vor mir, auf der gegenüberliegenden Seite dieser großen Lichtung, befanden sich wieder dichte Baumreihen. So wie es aussah, stellten sie den Anfang eines Mischwalds dar.

Ich senkte den Blick und stammelte vor mich hin: »Wieso muss immer ich so ein Pech haben?«

Bevor ich vollends den Mut verloren hätte, presste ich meine Lippen energisch aufeinander und befahl mir innerlich: »Egal jetzt! Konzentriere dich eben auf Geräusche – irgendeinen Zivilisationslärm muss es doch geben!«

Ich hörte ein Zirpen, ein Summen, ein entferntes Zwitschern ab und zu – das war's.

»Das ist in dieser Urlaubsregion doch gar nicht möglich!«, zweifelte ich meine Wahrnehmung an.

Ich tastete meinen dumpf schmerzenden Dröhnschädel ab. Vielleicht hatte ich mehr abbekommen als ich mir eingestehen wollte. Mit ernsten Kopfverletzungen hatte ich keine Erfahrung – und schon gar nicht mit etwaigen Konsequenzen daraus. Zwar fühlte sich alles höllisch geprellt an – aber ob so ein kräftiger Schlag Wahrnehmungsstörungen auslösen konnte?

Etwas unangenehm Hartes machte sich unter meinem rechten Fuß bemerkbar. Ich schob ihn zur Seite. Doch was jetzt zum Vorschein kam, war nicht bloß ein kleiner Stein, es war ein honiggelber, glitzernder Gegenstand. Auch wenn es in dieser Situation vollkommen schnurz war, was hier alles rumlag, reflexartig bückte ich mich danach. Die menschliche Neugier ließ sich selbst in den unpassendsten Momenten offenbar nicht unterdrücken.

Es handelte sich um einen ovalen Bernstein. In seinem Inneren war ein geschwungener, blauer Farbwirbel zu sehen, der mich an eine der hohen, zerzausten Federwolken erinnerte. Als ich den Stein hochhielt und zwischen Daumen und Zeigefinger wendete, erkannte ich kleine eingeschlossene Luftbläschen – es sah aus wie gefrorenes, sprudelndes Wasser. Je nach Lichteinfall mischten sich die blaue Farbe und der Bernsteinfarbton zu einem Grün, welches mit dem Grün der Pinien im Hintergrund zerfloss. Die ganze Schönheit der umgebenden Natur schien in diesem Kleinod eingefangen zu sein. Es funkelte betörend im Sonnenlicht.

»Verdammt nochmal, was machst du gerade eigentlich?!«, rief mich meine innere Stimme in die Gegenwart zurück.

4 Erste Begegnung

Endlich setzte ich mich in Bewegung, wobei ich die offene, ungeschützte Lichtung mied und mich weiter nach rechts auf den schattigen Pinienwald zubewegte.

»Ohne Schuhwerk und Wasser wird es eine Tortur werden, aber fünf Kilometer sollte ich in zwei bis drei Stunden auf jeden Fall schaffen«, ermunterte ich mich selbst, denn ich war mir sicher, dass ich in keine Richtung weiter als fünf Kilometer gehen musste, um auf irgendetwas zu stoßen – etwas, das mir weiterhelfen würde.

Zugegeben, ich war schon immer ein bequemes Weichei, aber in diesem Moment erfasste mich eine grimmige Entschlossenheit, wie ich sie sonst nicht an mir kannte.

»Menschenskind Frank, du musst jetzt einfach mal die Zähne zusammenbeißen!«, kommandierte ich.

Der Pinienwald war nicht allzu dicht, spendete aber genug Schatten, um das flirrende Sonnenlicht nur hier und da durchzulassen.

Der Schutz der hohen Bäume war wohltuend, wenngleich der trocken-sandige Boden, draußen zwischen den Büschen, barfuß angenehmer gewesen wäre als dieser nadelige Waldboden. Ich stakste weiter, doch wann immer ich vermutete, auf einen Weg gestoßen zu sein, verlor sich der vermeintliche Pfad schon bald wieder.

»Wenn nur dieser quälende Durst nicht wäre! Mann, wie fantastisch wäre jetzt ein eiskaltes Getränk«, jammerte ich im Stillen vor mich hin.

Ich kam langsamer voran als mir lieb war, doch nach etwa einer halben Stunde war ich auf Höhe des hinteren Rands der Lichtung und schaute mich um.

»Das kann verdammt nochmal doch nicht sein!«, brach es aus mir heraus, »Dahinter wird das Grünzeug ja noch dichter!«

Die Pflanzen waren hier weniger ausgedorrt und trugen ein zunehmend üppiges Blattwerk. Ich tastete mich Schritt für Schritt voran, aber meine Zuversicht, schon bald auf ein Zeichen der Zivilisation zu stoßen, schwand im gleichen Maße, wie ich weiter in diese Wildnis vordrang. Eine kleine Schneise, die mit einiger Fantasie als Teil eines Pfads hätte durchgehen können, ordnete ich Tieren zu, wilden Ziegen vielleicht.

»Wer sonst sollte gerade hier entlang gehen wollen?«, fragte ich mich resignierend.

Vor mir öffnete sich eine weitere Lichtung – deutlich kleiner diesmal. An ihrem Ende war eine Ansammlung größerer Gesteinsbrocken zu sehen.

Als ich weiterging, erkannte ich, dass es sich um durch Menschenhand bearbeitete Steine handeln musste – eine Trockenmauer vielleicht.

»Auf was ich da zugehe, ist womöglich die Stirnseite einer Behausung«, schoss es mir durch den Kopf.

Mir wurde heiß und kalt zur selben Zeit – war diese Entdeckung jetzt gut oder schlecht?

»Wer um alles in der Welt wohnt hier inmitten dieses Niemandslands?«, meldeten sich meine Bedenken sofort zu Wort.

Genau in diesem Moment löste sich eine Gestalt vom Hintergrund und kam auf mich zu. Mehr erschrocken als erleichtert blieb ich wie angewurzelt stehen.

Soweit das von hier aus einzuschätzen war, gehörte die Stimme, welche jetzt von der anderen Seite der Lichtung zu mir herüberdrang, einem älteren Mann in legerer, heller Kleidung.

Er breitete in einer Art Willkommensgeste die Arme weit aus und rief zu mir herüber: »Da bist du ja endlich, wir hatten dich schon viel früher erwartet.«

Ich drehte mich um und schaute hinter mich. Doch da war sonst niemand. Ob es eine gute Idee war, weiterzugehen?

»Wer weiß, was für Typen in dieser abgelegenen Wildnis hausen«, drängte sich die Stimme der Vorsicht nach vorn und appellierte an meinen Fluchtinstinkt.

Auf den ersten Blick erinnerte mich der Alte an eine Mischung aus Kapitän Nemo und Gandalf, dem Magier aus Tolkiens »Herr der Ringe«. Wenn mir zuhause Spinner über den Weg liefen, die schwer oder gar nicht einzuschätzen waren, machte ich für gewöhnlich einen großen Bogen um sie.

Doch in meiner aktuellen Lage musste ich es darauf ankommen lassen. Langsam tastete ich mich in Richtung des Mannes vor. Beim Näherkommen erkannte ich, dass der Alte zwar einen weißen Vollbart trug, dieser aber kurz gestutzt und akkurat an den Wangen ausrasiert war. Die vollen, grauen Haare waren zusammengebunden und sein Mittelscheitel ging am Hinterkopf in ein Pferdeschwänzchen über. Alles in allem machte er einen seriösen, gepflegten Eindruck. Das weiße Oversized-Hemd hatte offene, weite Ärmel und steckte in einer ebenso weiten, hellen Baumwollhose. Auch aufgrund des kurzen Stehkragens wirkte er in diesem Aufzug schon fast ein bisschen elegant. Neben der lockeren Kleidung fiel mir die aufrechte Körperhaltung auf, die dem älteren Herrn ein nahezu athletisches Aussehen verlieh.

Als ich fast bei ihm war, konnte ich Einzelheiten seiner Gesichtszüge erkennen. Er mochte zwanzig Jahre älter sein als ich. Die sonnengebräunte Haut wirkte aber dennoch straff und faltenfrei – sofern man die

Krähenfüße um die Augen lediglich als Lachfältchen interpretierte.

Die feste, sonore Stimme von vorhin passte zu der gesamten, eindrucksvollen Erscheinung. Der offene Blick aus den klaren Augen des Mannes übten eine seltsame Wirkung auf mich aus. Unerklärlicherweise kam es mir damals so vor, als sähe ich nach endlos langer Zeit einen alten Freund wieder. Gerade noch konnte ich dem Reflex widerstehen, den freundlich wirkenden, älteren Herrn zur Begrüßung erleichtert zu umarmen.

Stattdessen hörte ich mich lediglich sagen: »Was bin ich froh, Sie zu treffen!«

Am liebsten hätte ich ihn mit tausend Fragen überschüttet: »Wer sind Sie eigentlich? Und was machen Sie hier – gerade hier? Wo bin ich überhaupt gelandet? Gibt es eine Ortschaft in der Nähe? Wer kann mir jetzt irgendwie weiterhelfen?«

Ich holte schon tief Luft, doch der Alte lächelte verständnisvoll wissend, kniff die Augen zusammen und nickte langsam. Meine Fragen kamen mir auf einmal seltsam überflüssig vor, und ich beschloss, fürs Erste zu schweigen.

Der Mann legte mir einen kleinen Moment lang die Hand auf die Schulter und bugsierte mich mit sanftem

Druck in Richtung Haus. Dabei murmelte er kaum hörbar:

»Ich weiß, ich weiß, das geht am Anfang allen Besuchern so.«

5 Das kleine Steinhaus

Als ich die würzige Luft der mich umgebenden Pflanzenwelt tief einatmete, war ich seltsam erleichtert, und mich durchströmte das Gefühl, hier gut aufgehoben zu sein.

»Jetzt komm erst mal runter. Fürs Erste brauchst du dir gewiss keine Sorgen zu machen«, ging es mir durch den Kopf – einen Kopf, der immer noch ordentlich brummte.

Mittlerweile standen wir direkt vor dem kleinen Steinhaus. Es war mit schmalen Balken und schilfartigem Flechtwerk eingedeckt. Der alte Mann machte eine einladende Handbewegung in Richtung Tür. Nachdem ich eingetreten war, brauchten meine Augen einen Moment, um sich an die veränderten Lichtverhältnisse zu gewöhnen. Die Fenster waren zum Schutz vor der Hitze mit leichten Tüchern verhangen.

Dennoch war es hell genug, um Einzelheiten zu erkennen. Wie es aussah, gab es nur diesen einen Raum. Die Einrichtung war schlicht, aber handwerklich geschickt aus honigfarbenem Holz gefertigt – ich tippte auf Olivenholz. Während ich mich ausgiebig umsah, füllte mein Gastgeber aus einem Steinkrug ein großes Glas. Er hielt es mir hin.

»Du musst durstig sein.«

Dankbar griff ich zu und leerte es gierig in einem Zug. Es schmeckte nach Zitrusfrüchten und rann eiskalt die Kehle hinab.

»Oh Mann, das war das Köstlichste, das ich je getrunken habe.«

Der Alte nickte mir schmunzelnd zu und zog einen raumhohen Vorhang neben einer Anrichte hinter sich zur Seite. Das durch einen nun freigegebenen Ausgang hereinströmende Licht erhellte einen Sitz- und Liegebereich gegenüber. Dort lagen zahlreiche bunt gemusterte Kissen sowie ein Stapel sorgfältig zusammengelegter Decken.

»Du kannst das Gästehaus nutzen solange du hier bist. Fühle dich wie zu Hause und lass' mich wissen, wenn dir was fehlt.«

Der Alte, der im Licht der offenen Terrassentür stand, hielt inne und schaute mich aus klaren Augen an.

»Also, wenn dir was fehlt, um weiterzukommen.«

Zu diesem Zeitpunkt deutete ich dieses »Weiterkommen« im Sinne von »hier wegkommen«. Mich beschäftigte immer noch die Frage, wie ich dem Bootsverleih eine Nachricht zukommen lassen könnte – damit sie wussten, dass alles in Ordnung war und ich schon bald wieder zurückkommen würde.

Irgendwelche Anzeigen, Suchaktionen oder was auch immer wären also nicht erforderlich.

Als hätte er meine Gedanken gelesen, sagte der Alte: »Du kannst ganz beruhigt sein, es ist bereits alles geregelt. Konzentriere dich in der nächsten Zeit einfach nur auf dich selbst. Du darfst das Weitere getrost mir überlassen.«

Und das tat ich von nun an, obwohl ich mich selbst darüber wunderte, dass ich dies akzeptieren konnte, nur weil der alte Mann es sagte.

Eine innere Stimme schürte Bedenken: »Es kann doch kaum möglich sein, dass bereits alles geregelt ist.« Andererseits hatte ich nicht den geringsten Zweifel daran, dass ich diesem Mann vertrauen konnte.

Also wischte ich alle Bedenken zur Seite und sagte mir: »Wäre es nicht schon fast unhöflich, mit weiteren Fragen die Richtigkeit seiner Aussage überprüfen zu wollen?«

Doch hatte ich überhaupt schon eine einzige Frage gestellt? In Gedanken versunken war ich meinem Gastgeber durch den hinteren Ausgang gefolgt. Jetzt sah ich, woher das Plätschern kam, welches ich die ganze Zeit über unterbewusst wahrgenommen hatte. Ich stand auf den verwitterten Steinfliesen einer Terrasse. Im Schatten einer mit Schilfrohr gedeckten Pergola erkannte ich eine mannshohe Steinmauer in einigen

Metern Entfernung. Einem Speier, der die Form eines Echsenkopfs hatte, entsprang ein kleines Rinnsal, welches einen Trog befüllte, der die gesamte Breite der Mauer einnahm. Dessen Überlauf wiederum floss in ein Bassin, das den Bereich zwischen Mauer und Terrasse überbrückte. Auf der linken Seite war die Terrasse durch eine hohe, undurchdringliche Hecke geschlossen, auf der rechten Seite öffnete sie sich hin zu einem großen, halb beschatteten Garten.

»Ein Bad wird dir jetzt bestimmt gut tun. Ich werde solange ein kleines Frühstück vorbereiten.«

Der Alte musterte mich von oben bis unten: »Ich denke, ich sollte noch was Passendes für dich im Schrank haben. Bin gleich zurück.«

Die Vorstellung, meinen Brummschädel unter den Wasserspeier zu halten, ließ mich keine weitere Sekunde zögern, und ich stakste über einige Steinstufen in das Quellwasser. Es war nicht übermäßig kalt, und als ich in das hüfthohe Becken glitt, wurde mein überhitzter Körper bis in die letzte Zelle erfrischt und gestärkt. Ich schwamm in wenigen Zügen die kurze Strecke bis zum Wasserspeier. Während mir das weiche Wasser über den Kopf rann, sah ich, wie mir der Alte ein Badetuch und Kleidungsstücke auf einer Holzbank vor der Hauswand zurechtlegte. Sodann verschwand er wieder nach drinnen.

»Das war genau das, was mein geschundener Körper jetzt gebraucht hat«, rief ich meinem Wohltäter fast schon ein bisschen überdreht entgegen, als ich kurze Zeit später zurück ins Haus kam.

Ich trug jetzt eine dunkelblaue, schlabbrige Baumwollhose und ein rohweißes Hemd wie es die Fischer in dieser Region oft tragen – mit langen, weiten Ärmeln ohne irgendwelchen Knöpfen dran. Sogar ein paar bequeme Sandalen fanden sich unter der Bank. Sie waren aus weichem Leder, vermutlich Ziegenleder, und brauchten nur mit einem einzigen Riemen am Fußgelenk gebunden zu werden. Nichts an dieser Kleidung war beengend und ich empfand die kühlende Wirkung des Stoffs auf meiner leicht geröteten Haut als Wohltat.

»Komm, fass mal mit an, Frank. Wir tragen den Beistelltisch ebenfalls hinters Haus, da ist es um diese Zeit am schönsten.«

Ein Tischchen mit Mosaikintarsien stand bald draußen vor der Holzbank. Darauf waren Fladenbrot, Quark, Käse und Honig hergerichtet. Der Alte goss mir würzigen Schwarztee in eine Tontasse.

»Bin ich gerade mit meinem Namen angesprochen worden?«, wunderte ich mich im Stillen. Hatte ich mich überhaupt vorgestellt? Ich erinnerte mich nicht genau.

Nachdem ich einen Löffel Quark auf einen der warmen Teigfladen gegeben hatte, träufelte ich etwas Honig obenauf.

»Das hier würde ich gerade für kein Hotelfrühstück der Welt tauschen«, vertraute ich meinem Gastgeber an.

Der meinte nur, dass er das mehr als nachvollziehen könnte und: »Weniger, aber intensiv genossen, ist oftmals mehr.«

Unterdessen fragte ich mich, wie ich diesen älteren Herrn überhaupt anreden sollte?

Obwohl er selbst mich von Anfang an geduzt hatte, war ich mir nicht sicher, ob ich mir das ebenfalls herausnehmen durfte. Trotz seiner freundlichen Einfachheit umgab den Mann eine respektgebietende Aura, so wie man sie bei einem väterlichen Freund und Mentor erwarten würde, sprich, einem Menschen, dem man Achtung zollte.

Also tastete ich mich etwas umständlich heran: »Ich fürchte, ich muss mich entschuldigen, dass ich vorhin nicht richtig aufgepasst habe – aber wie war gleich noch ... Ihr Name?«

»Bent. Für dich schlicht Bent.«

Er hatte bemerkt, dass ich am Ende meines Satzes kurz gezögert hatte, denn er ergänzte mit einem leisen Baritonkichern:

»Tatsächlich hatte ich meinen Namen aber gar nicht erwähnt, so dass ich es bin, der sich entschuldigen müsste. Weißt du, ich bin ein einfacher, alter Mann, ein Inselbewohner, der es am liebsten unkompliziert mag. Und deshalb habe ich gern Menschen um mich, die mir zumindest in dieser Eigenschaft ähnlich sind. Doch ich denke, wir beide werden uns bestens verstehen.«

Bent erhob sich und stützte sich dabei kurz auf meiner Schulter ab.

»Wie vorhin schon angeboten, du kannst gern bleiben so lange du möchtest. Ich liebe zwar die Natur meiner Insel, bin deshalb aber noch lange kein menschenscheuer Kauz – jedenfalls hoffe ich das sehr.« Er zwinkerte mir zu: »Es ist schön, ab und zu mit Menschen von Außerhalb zu plaudern und zu erleben, dass sie bei ihrer Abreise manchmal wichtige Erfahrungen mitnehmen können. Hier auf der Insel liegt der Schlüssel für dein weiteres Leben in der Welt da draußen. Auch du wirst ihn finden, wenn du nur bereit dazu bist.«

Das alles waren schwer verständliche Andeutungen, fast zu viele auf einmal, so dass ich einen Mundwinkel schräg nach oben zog und nachzuhaken begann: »Insel? Wir sind hier auf einer … Insel?«

Ich schaute den Alten direkt an: »Nichts für ungut, aber das kann … das ist doch nicht …«

Bent lächelte: »Von der restlichen Welt aus betrachtet mag diese Insel unwirklich erscheinen, aber von dieser Insel aus betrachtet erscheint einem die sogenannte normale Welt schon bald als ein unwirklicher Ort.

Es gibt ältere Gesetze als die, die sich unsere Zivilisation gegeben hat. Und ob du's glaubst oder nicht, selbst ich wurde nicht als alter Mann geboren – hier auf dieser Insel.

Aber lassen wir das jetzt, bevor ich ins Plaudern über mein früheres Leben gerate. Wir werden genug Gelegenheit haben, uns zu unterhalten.«

Bent stand ruckartig auf, und während er nach drinnen ins Haus verschwand, rief er über die Schulter zurück: »Jetzt räume ich hier erst mal ein bisschen auf, einstweilen kannst du dich weiter umsehen. Nimm dir alle Zeit der Welt, aber lass' mich wissen, wann immer du zurück zum Festland willst, ja? Das können wir jederzeit arrangieren.«

6 Leas Glücksfrage

Langsam erhob ich mich. Zunächst wollte ich Bent ins Haus folgen, entschied mich dann aber, einen Blick auf den Nutzgarten zu werfen. Ich passierte die Hinterseite des kleinen Gebäudes und bemerkte dort eine auf Kacheln gemalte Landkarte.

»Ach sieh mal an«, murmelte ich vor mich hin und zog mit dem Finger auf der Karte den Weg vom Strand bis zu diesem Häuschen nach, »von hier aus geht es also zu einem Plateau oberhalb der südwestlichen Steilküste weiter.«

Dort oben war ein Leuchtturm eingezeichnet. »Na klar, den konnte ich von unten bei den Felsen wegen meines steilen Blickwinkels nicht sehen.«

Die Ebene fiel laut Karte nach Norden hin zu einem weiteren Strand ab. Dort lag ein längliches Gebäude – scheinbar deutlich größer als dieses hier.

Aus den Augenwinkeln bemerkte ich Bent, der mit einer Wasserschüssel hinter mir in Richtung Garten unterwegs war. Anstatt ihm zu folgen, war ich nun doch zu faul für den großen Gartenrundgang, schlenderte ins Haus und ließ mich auf die Couch plumpsen. An der Decke tanzten Lichtreflexe der Sonnenstrahlen, wo immer sie von den sich wiegenden Vorhängen durchgelassen wurden. Ich lehnte mich weit zurück und beobachtete, wie sich diese feinen, unsteten Linien aus Sonnenlicht in Meereswellen verwandelten. Ihre Farben wechselten ins Blau. Das Rauschen der am Strand anrollenden Brandung wurde leiser, je weiter ich mich vom Land entfernte. Eine Möwe kreiste hoch droben und rief mir etwas zu. Aber ich verstand nicht, was sie mir sagen wollte.

Als ich die Augen wieder aufschlug, waren die Wellen verschwunden.

Ich drehte den Kopf und sah mich um: »Ach ja, stimmt, du bist im Haus von Bent ... Bent?«

Ich wälzte mich hoch und checkte mein linkes Handgelenk – Mist, ich hatte doch gar keine Uhr an. Auf der Anrichte neben dem Ausgang zum Garten lag ein Zettel.

»Wollte dich nicht wecken«, stand darauf, »Die Erholung wird dir gut tun. Bis später, drüben am Strandhaus. Bent.«

Ich erfrischte mich mit einem letzten Schluck des Zitrusgetränks, griff mir den Strohhut, der neben der Tür hing und pilgerte los in Richtung der Klippe, wo der Leuchtturm sein sollte. Da die Sonne deutlich unterhalb ihres Zenits stand, musste ich lange Zeit geschlafen haben.

»Was soll's«, sagte ich mir, »dir läuft schon nichts weg.«

Nach einiger Zeit, während der ich den Weg hoch zur Ebene gewandert war, tauchte tatsächlich ein Leuchtturm auf – oder das, was früher mal ein Leuchtturm gewesen sein musste. Die unruhigen weißen Flecken daneben entpuppten sich beim Näherkommen als Ziegenherde. Aber auch eine Person war oben beim Leuchtturm. Als sie mich sah, kam sie auf mich zu: eine Frau mittleren Alters mit kurzen, brünetten Haaren.

Sie wartete nicht, bis sie bei mir war, sondern winkte mir schon von Weitem zu: »Hey! Du musst Frank sein!«

»Neuigkeiten scheinen sich hier schnell rumzusprechen«, rief ich zurück.

»Oh ja, das tun sie«, sagte sie lachend und streckte mir bereits auf den letzten Metern die rechte Hand entgegen. »Ich bin Lea. Schön, dass du hier bist.«

»Das hast du wirklich treffend gesagt. Genau genommen ist es fast zu schön, um wahr zu sein – ich hatte verdammt großes Glück, gerade hier angespült zu werden. Das hätte auch richtig schief gehen können.«

Lea lachte: »Ja, mit dem Glück ist es so eine Sache. Aber wie die meisten Menschen, hast du dir bestimmt schon viele Gedanken hierüber gemacht.«

»Geht so«, kommentierte ich nur.

Ihr leicht schräg gehaltener Kopf verlieh ihr etwas Schelmisches, als sie immer noch belustigt erwiderte: »Was soll das denn jetzt heißen?«

Also wurde ich genauer: »Na entweder man hat Glück oder man hat es nicht. Viel dazu tun kann man doch eh nicht. Beispielsweise könnte ich mit dem Boot jetzt genauso gut in Richtung Afrika unterwegs sein – und das wäre noch nicht einmal das Schlimmste, was mir hätte passieren können. Viel Unterstützung hat mein Glück von mir jedenfalls nicht erhalten.«

»Jetzt mach' mal halblang! Das hört sich ja furchtbar an.«

Lea musterte mich: »Ich will dich zwar nicht bereits bei der Begrüßung in ein tiefschürfendes Gespräch verwickeln, aber eine kleine Testfrage hätte ich schon für dich: Was hat eine Münze, die neben einem Parkautomaten auf der Straße liegt, mit dem Sinn des Lebens zu tun?«

»Hähhh?«, war alles, was mir spontan rausrutschte.

Lea musste schon wieder lachen. Anscheinend fand sie es amüsant, dass sie mit ihrer Überfallfrage Erfolg hatte.

Ich beschloss, mir einen möglichst schlagfertigen Spruch einfallen zu lassen, um ihr wenigstens ein bisschen Paroli zu bieten, aber bevor ich etwas sagen konnte, drehte sie sich um und fing unvermittelt an zu schimpfen: »Hector, nein!«

Lea spurtete in Richtung Leuchtturm los. »Dieses blöde Vieh! Hector, verdammt noch mal, bleib hier!«

Sie schnappte sich ihr Fahrrad, welches an der Turmruine lehnte und stieg in die Pedale.

Im Vorbeifahren rief sie mir zu: »Wenn der ausbüxt, rennen ihm all' seine Mädels hinterher.«

Der eigensinnige Ziegenbock schien von Leas Befehl, stehenzubleiben, nicht sonderlich beeindruckt zu sein.

»Wir sehen uns spätestens auf der Party am Strandhaus! Und denk' solange über die Antwort nach. War nicht als Scherz gedacht.«

Lea hatte bergab einen anständigen Zahn draufbekommen, wobei sie mit einem beachtlichen Geschick auf das Gestrüpp aufpasste.

Ihr laut über die Schulter gerufenes »Du wirst wahrscheinlich auf ein paar wichtige Erkenntnisse stoßen«, konnte ich gerade noch hören.

Der hakenschlagende Bock war unerwartet behände und entfernte sich immer weiter in Richtung Wald.

»Das kann dauern«, sagte ich mir und beschloss, nicht auf sie zu warten. Ich spazierte rüber zum Leuchtturm.

Wie schon vermutet, war der schon lange nicht mehr in Betrieb. Durch die in den Angeln schräg hängende, offenstehende Tür sah ich auf dem Boden ausgelegtes Stroh. Beim Trog neben der Außenwand stand ein Fahrradanhänger mit einem leeren Wasserkanister. Ich ging zum Rand der Klippe und schaute hinunter. Aber nur kurz, egal wie toll der Anblick des an die Felsen anbrandenden Meeres war – große Höhen waren nicht so mein Ding. Mit entsprechendem Sicherheitsabstand zur Kante wanderte ich weiter in Richtung des vermeintlichen Strandhauses.

Ich dachte über Leas eigenartige Frage nach: »Die musste was mit dem Glück zu tun haben, denn darum ging's schließlich in ihrer Bemerkung kurz zuvor. Was hat es also mit einer Münze neben dem Parkautomaten auf sich? Schon klar, das wäre ein glücklicher Zufallsfund – genau dann, wenn man eine Parkmünze benötigte. Aber was soll das mit dem Sinn des Lebens zu tun haben?«

Ich massierte mir mein rechtes Ohrläppchen. Musste ich mir solche Gedanken machen, gerade wenn mein Kopf so langsam wieder klar werden wollte?

Ich beschloss, weiteres anstrengendes Nachgrübeln bis zum Abend zu vertagen – wenn es etwas abgekühlt hat. Mir sickerte der Schweiß schon wieder aus allen Poren. Meine Füße brauchten keine lange Überredung, um wie von selbst nach rechts in Richtung des schattigen Waldes auszuscheren.

7 Zwei Sorten Stress

Da es von hier aus nach meiner Schätzung höchsten eine Dreiviertelstunde bis zum Strandhaus war, konnte ich guten Gewissens in dem Schatten spendenden Pinienwäldchen umherstreifen, ohne bis zum Abend zu spät dran zu sein und etwas zu verpassen. Von Lea und der Ziegenbande war weit und breit nichts mehr zu sehen. Dafür vernahm ich in unregelmäßigen Abständen Klopfgeräusche aus dem Waldesinnern.

»Hört sich nach Waldarbeiten an«, schloss ich und hielt darauf zu. Nach einer Weile fiel mir ein roter Farbtupfen auf, der ab und zu zwischen den Bäumen durchschimmerte. Bald wurde erkennbar, dass dazu ein Kerl mit kräftiger Statur in kurzer Cargohose gehörte. Er trug ein rotes T-Shirt, welches vom Schweiß stellenweise dunkel gefärbt war. Sein schulterlanges Haar hatte er mit einem Stirnband gebändigt.

Kurze Zeit später bemerkte auch er mich und rief mir ein »Ach, sieh an! Du kommst ja wie gerufen!« zu.

Während ich ihn abwartend musterte, ließ er sich Wasser aus einem am Baum aufgehängten Beutel über die Hände rieseln. Er rieb sie sich an seiner Hose trocken, bevor er mir seine Rechte entgegenstreckte.

»Der Bursche hat einen ordentlichen Händedruck«, stellte ich fest, während ich seine tellergroße Pranke schüttelte. Wahrscheinlich handelte es sich um einen hiesigen Holzfäller.

»Ich heiße Liam. Grüß' dich. Gerade habe ich mich gefragt, wie ich den Balken mit Schraubzwingen dort oben am Stamm fixieren und ihn gleichzeitig am anderen Ende waagerecht halten kann. Und da tauchst du auf.«

Er strahlte mich an.

»Hallo Liam, ich bin der Frank«, stellte ich mich vor. »Wo soll ich anpacken?«

»Am besten hältst du den Balken an dem anderen Stamm dort drüben mit einem Dielenbrett hoch, während ich ihn mit Hilfe der Leiter auf meiner Seite befestige.«

»O.K., kapiert. Aber ich weiß nicht, wie lange ich das Teil halten kann. Bin sonst eher ein Bürotäter.«

»Schon klar«, lachte Liam, »werd' mich beeilen.«

Mit leichtem Muskelzittern nahm ich eine Viertelstunde später eine Wasserflasche von Liam entgegen.

»Was wird das eigentlich, wenn's fertig ist?«

»Ein Baumhaus für unseren Timmy. Das hatte ich ihm schon letztes Jahr versprochen. Aber jetzt gehe ich es endlich an. Diese vier Bäume hier stehen an den

Eckpunkten eines Quadrats mit jeweils ungefähr zwei Metern Abstand. Deshalb haben wir sie uns ausgesucht. Zunächst wollen wir dort oben einen Bretterboden einziehen. Die Wände werden dann im Blockhausstil mit dünnen Pinienstämmen gebaut.«

»Hört sich nach einem tollen Projekt an. Und wo ist dieser Timmy? Oder soll das eine Überraschung für ihn werden?«

»Nö, der darf natürlich helfen. Das Bauen ist doch der Hauptspaß. Aber heute muss er noch jede Menge Hausaufgaben machen. Lea wird später alles gegenchecken. Und die ist unerbittlich. Hast du Lea eigentlich schon kennengelernt?«

»Allerdings, wir haben uns aber nur kurz getroffen. Sie hatte gerade etwas Stress mit einer Ziegenclique.«

Liam zog Mundwinkel und Augenbrauen gleichzeitig nach oben: »Dann weiß ich schon. Aber Stress würde ich das nicht nennen. Auch wenn sie immer laut mit ihnen rumzankt, die dickköpfigen Viecher liegen ihr in Wahrheit mordsmäßig am Herzen.«

Auf seiner Stirn erschienen ein paar Falten und er schaute mich durchdringlich an: »Doch was ist mit dir, Frank? Ich meine, ist der Stress, den du hast, immer ein guter Stress?«

Seine Frage überrumpelte mich etwas. »Also eine einfache Ja/Nein-Frage scheint mir das jetzt nicht zu sein.«

Liam deutete mit seinem Kinn in Richtung eines Bretterstapels. Wir setzten uns nebeneinander, und nachdem er ein paar Sekunden lang geschwiegen hatte, mich aber weiterhin erwartungsvoll anblickte, fuhr ich fort:

»Natürlich habe auch ich regelmäßig Stress am Hals. Und gut kann ich den bestimmt nicht immer finden.«

»Aber manchmal schon?«

Ich überlegte, ob es tatsächlich Situationen gab, in denen ich es gut fand, gestresst zu sein. Wohl eher nicht. Aber doch, halt. Manchmal passierte es schon, dass ich Stress positiv fand – jedenfalls ein bisschen. Und auch nur rückwirkend.

Demgemäß sagte ich: »Ich glaube, wenn ich nur ins Büro gehen würde, um meine Pflanze auf der Fensterbank zu gießen und die Tage bis zum Urlaub auf dem Kalender abzustreichen, würde ich meinen Job aufrichtig hassen.«

Liam nickte schmunzelnd: »Dann macht er dir wenigstens ab und zu Spaß? Und wann ist das der Fall?«

Obwohl ich mich darüber wunderte, so übergangslos in ein inhaltsschweres Gespräch hineingezogen zu werden, ging ich anstandshalber auf die Frage ein:

»Also Spaß macht mir mein Job, wenn ich mich Herausforderungen stellen muss, die ich über kurz oder lang auch bewältigen kann. Dann hatte ich zwar Stress, aber letztendlich das gute Gefühl, etwas Großes geleistet zu haben. So einen Stress lass' ich mir gefallen – den kann ich dann schon fast gut finden.«

»Verstehe. Aber du kennst auch negativen Stress?«

»Aber hallo, klar kenn' ich den – zur Genüge. Wenn ich keine Chance habe, meinen eigenen Ansprüchen gerecht zu werden, also nur verlieren kann, obwohl ich mich anstrenge und bis zum Umfallen arbeite. Oder wenn ich das Falsche tun muss – nur weil einer, der mehr zu sagen hat als ich, es von mir verlangt. Das macht mich immer besonders fertig. Natürlich weiß auch ich nicht alles besser ...«

»... aber manchmal eben schon«, vollendete Liam meinen Satz und zog breit grinsend seine Schultern hoch.

»Tja Frank, das kenn' ich alles von irgendwo her. Aber sag' mal, wenn du überhaupt keinen Stress auch nicht gut findest, dann würde mich jetzt doch interessieren, wo dein Stresslevel in der Firma normalerweise liegt – sagen wir, auf einer Skala von null bis 100.«

»Also die Frage ist mir zu schwer. So einfach kann man Stress doch nicht messen – zumal es ja nicht nur besagten positiven Stress gibt, der zu Erfolgen führt, sondern auch diesen negativen Stress, der einen zermürbt.«

»Ich glaube schon, dass das geht«, ließ Liam nicht locker.

»Ich frage mal andersrum: Wenn es keinen Stress der negativen Sorte gäbe, wieviel Prozent von dem positiven Stress hättest du denn gern, wenn du es dir aussuchen könntest? Angenommen, dass du in die Zahl sowohl deine körperliche als auch deine mentale Belastbarkeit reinrechnen würdest? 0 % doch schon mal nicht, oder? Auch wenn es dir diese Topfpflanze, die mit voller Aufmerksamkeit gegossen werden will, danken würde.«

Ich fing grienend an zu überlegen: »Nein, natürlich nicht.«

»Was ist dann mit 50 %? Dann würde die Hälfte deiner Stresskapazität ausgeschöpft«, bohrte Liam nach.

»Fifty-fifty? Hört sich nach einer fairen Belastung an. Aber ich glaube, da ginge noch mehr. Es darf schon ein bisschen weh tun, damit man den Erfolg danach so richtig genießen kann.«

Liam lachte. »Zu tief darf die Latte für dich also nicht liegen? Das heißt somit ...?«

»60 oder womöglich sogar 70 %«, legte ich mich fest. »Mit ungefähr 30 bis 40 % stressfreier Reserve könnte ich gut leben.«

»Na also«, meinte Liam und lehnte sich am Baumstamm hinter dem Bretterstapel an. »Da haben wir doch schon mal eine Zahl. Und? Liegst du mit deinem Gesamtstress in der Realität darüber?«

»Das kannst du aber glauben. Die betreiben mich bestimmt bei 100 %. Und regelmäßig geht der Druck im Kessel dann locker auf 130 hoch. Du weißt doch, das ist der Moment, wo bei Sicherheitsventilen die Berstscheiben rausfliegen.«

Liam lachte laut auf. »Was für ein schönes Bild ..., wenn's nicht so traurig wäre.«

Anscheinend war das Thema für ihn aber immer noch nicht beendet: »Eine Sache noch, Frank. Wie muss ich mir das mit dem positiven und negativen Stress vorstellen? Diese maximal 70 % wären also nur positiver Stress? Und negativer Stress dürfte nur 0 % davon betragen, während die restlichen 30 % somit frei verfügbare Leerlaufzeit, also reine Reservekapazität wären?«

Diesmal überlegte ich länger. Absolut kein negativer Stress, keine dämlichen Aufgaben, keine unfaire Behandlung, keine Gängeleien – schön wär's ja schon.

Ich wiegte den Kopf hin und her: »Ich will realistisch bleiben, Liam. Ohne eine gewisse Menge an negativem Stress wird's wahrscheinlich nie gehen.

Ich hab' meine charakterlichen Defizite, Macken und Marotten – dann muss ich das meinen Mitmenschen schon auch zugestehen. Eine Firma ist kein ideales Konstrukt, und ihre Mitarbeiter sind keine Übermenschen. Ein bisschen knirschen wird es immer. Aber in Maßen bringt das einen nicht um.«

»Kann ich nachvollziehen«, stimmte Liam mir zu. »Wie viel von deinen 70 % dürften also negativer Stress sein?«

»Schätze so um die 10 – das könnte ich noch schlucken.«

Liam stemmte sich hoch: »Siehst du, jetzt hast du glatt ein paar konkrete Zahlen zustande gebracht. Denk' mal gut drüber nach – im Sinne eines Soll/Ist-Vergleichs.

Aber nichts für ungut, Frank. Ich muss runter zum Haus. Duschen, umziehen und so weiter. Und vor allem, negativen Stress mit Lea vermeiden, weil ich wieder rumgetrödelt hab' und wir zu spät zu Bents Strandparty kommen werden.«

»Dann hau mal schnell ab. Ich will nicht schuld sein, wenn du Druck kriegst.«

Liam zeigte mir einen nach oben gereckten Daumen, griff sich seinen Rucksack und marschierte los – in die entgegengesetzte Richtung als die, aus der ich gekommen war. Nach ein paar Metern blieb er nochmal stehen und drehte sich zu mir um: »Heute Abend können wir bei einem kalten Drink darüber sinnieren, was große Herausforderungen und Stress mit Meerwasser gemein haben.«

Liam trabte weiter und ließ mich mit einem großen Fragezeichen im Gesicht stehen.

»Wie es scheint hat jeder, den ich hier treffe, ein seltsames Rätsel für mich parat«, murmelte ich vor mich hin und schüttelte grinsend den Kopf. Dabei bemerkte ich, dass mein Schädel nicht mehr ganz so ungnädig auf diese Bewegung reagierte.

8 Strandparty

Es war später Nachmittag und ich schlenderte langsam in Richtung jenes Strandhauses und der dort stattfindenden Party entgegen. Langsam, weil ich beim langsamen Gehen am besten nachdenken konnte, und weil ich bei Veranstaltungen nie gern als einer der Ersten aufkreuzte. Ich bevorzugte, mich zu einem späteren Zeitpunkt zwanglos unter die Anwesenden zu mischen.

Die Sache mit den Stressleveln beschäftigte mich. Es war leicht gewesen, einen akzeptablen Maximallevel festzulegen. Aber was nützte es? Was habe ich schon Bücher gelesen und Seminare besucht, um den souveränen Umgang mit Stress zu erlernen. Den ganzen Resilienzkram habe ich durchgemangelt – vor und zurück. Und was hat es gebracht? Also jetzt wirklich? Nachhaltig?

Nichts, wenn ich ehrlich bin. Dabei hatte ich richtig gute Terminplanungen gemacht, mir darin freie Zeit zum Nachdenken genehmigt, also fixe Erholungsphasen vorgesehen. Alles professionell strukturiert, meine Freizeitaktivitäten perfekt darauf abgestimmt – die Work-Life-Balance durfte schließlich nie außer Acht gelassen werden. Ich habe mir Karteikästen mit Prioritätsfächern zugelegt, ich habe

Tagebuch geführt, Fortschritte und bestehende Defizite dokumentiert und mein Vorgehen entsprechend nachgeregelt. Ich habe alle relevanten Sachverhalte gemäß der Hackordnung meiner Firma nach oben hin kommuniziert, Probleme mit Zeitplänen rechtzeitig angesprochen, Möglichkeiten zur Unterstützung vorgeschlagen, aber auch eingefordert. Doch unterm Strich bin ich immer auf meinem Stress sitzengeblieben.

Wie oft habe ich mich selbst am Ende des Jahres sagen hören: »Das war ein verdammt hartes und anstrengendes Ausnahmejahr – schlimmer kann es ab hier nicht mehr werden.«

Und im Folgejahr konnte ich denselben Spruch raushauen und feststellen, dass das Vorjahr vergleichsweise relaxed und easy war. Jahr für Jahr das gleiche Spiel. Alles, was ich mir in Sachen Stressabbau erkämpft hatte, wurde mir durch eine Zunahme an immer größeren und schwierigeren Aufgaben wieder aufgefressen. Wieso wurde mir eigentlich erst jetzt klar, dass ich dieses Spiel, dieses Scheißspiel, nie gewinnen konnte?

Betriebskosten mussten ständig weiter reduziert werden. Das Personal wurde folglich immer mehr gestutzt, die Arbeitsbelastung für die Restbelegschaft wuchs. So funktionierte das. Wer da nicht mithalten wollte oder konnte, war fehl am Platz.

Und das konnte einem gefährlich werden. So war auch ich dringend darauf angewiesen, dass mein Arbeitgeber mich nicht als Fehlbesetzung einstufte, sondern mir weiterhin meine Brötchen bezahlte.

Mir fiel auf, dass ich den Kopf bei diesen Gedanken immer weiter gesenkt hatte und ich außer dem verdorrten Gras und der spröden Erde kaum etwas um mich herum wahrnahm.

»Hör' sofort mit deinen miesepetrigen Grübeleien auf!«, schreckte ich mich selbst aus meinen Überlegungen hoch. »Sieh' dir lieber das Meer an, wie es am Horizont in den wolkenlosen, blauen Himmel übergeht.«

Die Sonne stand inzwischen tiefer und blendete mich, so dass ich meinen Strohhut weiter nach unten ziehen musste. Ich atmete tief ein. In die aufgeheizte, würzige Luft der Macchia mischte sich Rauchgeruch – ein Grillfeuer? Jetzt erst bemerkte ich die Leere in meiner Magengegend. Das Wasser lief mir im zunehmend trockenen Mund zusammen, als ich mir einen Grillrost vorstellte, der mit knusprig gebratenen Köstlichkeiten belegt war.

Mein Schritt beschleunigte sich, und schon bald sah ich unterhalb meiner Position, am Ende des Weges, der in einem Bogen zum Strand hinunter lief, ein größeres, flaches Gebäude. Beim Näherkommen entpuppte es sich als Holzkonstruktion auf Balkenständern mit einer riesigen, vorgelagerten Terrasse. Deren Strohüberdachung spendete bei einem höheren Sonnenstand als jetzt sicher wunderbar Schatten.

Auf halber Strecke zwischen Haus und Meer tollte eine Rasselbande Kinder ausgelassen herum – unter lautem Gekreische flogen aufgeworfene Sandwolken durch die Luft. Etwas näher am Gebäude bemühte sich eine Gruppe Erwachsener, eine große, runde Feuerstelle zum Leben zu erwecken. Einige kümmerten sich kniend um das Nachlegen von Brennmaterial, andere lümmelten sich auf ausgebleichten, grauen Holzstämmen, die um den Grillplatz herum im Kreise arrangiert waren. Sie unterstützten die anderen hauptsächlich mit guten Ratschlägen. Doch außer einer Menge Qualm war nicht viel von einem lodernden Lagerfeuer zu sehen. Wenigstens zog der Rauch nicht in Richtung Haus.

»Frank, Frank! Hier geht's lang!«, hörte ich eine sonore Stimme, die nur Bent gehören konnte.

Ich drehte mich um, froh, dass ich hier jemanden kannte, um nicht wie bestellt und nicht abgeholt herumstehen zu müssen.

Bent bugsierte mich ins Haus und rief in die Runde: »Hier Leute, das ist der Frank. Seht zu, dass ihr ihn ein bisschen mit einspannt. Er macht trotz seiner

61

anstrengenden Anreise einen ganz gut erholten Eindruck auf mich.«

Bent ließ mich in der großen Wohnküche stehen und ging selbst wieder nach draußen. Ein vielleicht halbes Dutzend Leute waren um mich herum mit Essensvorbereitungen beschäftigt. Nach Bents Aufruf sahen alle zu mir her, einige murmelten ein paar Begrüßungsformeln, andere nickten mir nur zu oder hoben kurz die Hand. Eine großgewachsene Frau, die mir am nächsten stand, kam einen Schritt auf mich zu. Als Erstes fiel mir der Kontrast zwischen ihren weißen Zähnen und dem braungebrannten Gesicht auf sowie die ungewöhnlich langen, spirallockigen Haare, die lustig wippten, wenn sie sich bewegte.

»Hey Frank. Schön, dass du hergekommen bist. Ich bin Lucie.«

»Ganz meinerseits«, stotterte ich, schüttelte ihr die Hand und ärgerte mich auch schon, weil meine Begrüßungsfloskel überhaupt nicht passte. Ich wollte noch was Originelles nachschieben, damit die Situation nicht gar zu peinlich wurde, aber mein Verstand ließ mich im Stich – weshalb, wusste ich selbst nicht so genau.

Offenbar sah man mir meine Hilflosigkeit an, doch Lucie schien das zu amüsieren, denn sie fing an, herzhaft zu lachen – vielleicht lachte sie mich an, vielleicht auch bloß aus. Dann drehte sie sich wieder zu der frei im Raum stehenden Küchentheke um und machte am Spülbecken mit dem Einputzen von Salat weiter.

»Wenn du dich nützlich machen willst, kannst du dir den Berg Zucchini hier schnappen und in Streifen schneiden. Danach alles in eine Schüssel werfen und eine Marinade aus Olivenöl und Kräutern drüber träufeln. Am besten an dem Tisch dort hinter mir. Kriegst du das hin?«

»Ich kann's ja mal versuchen – jedenfalls werde ich alles geben.«

Lucie ließ mich nochmal ihr helles Lachen hören und wandte sich weiter ihrem Salat zu: »Wir sind alle gespannt.«

Ich richtete mich an meinem Tisch mit Sämtlichem ein, was ich zum Loslegen benötigte. Bevor ich mit dem Schnippeln anfing, drehte ich mich unwillkürlich nach Lucie um – sie konnte das von hinten ja nicht sehen. Doch scheinbar hatte sie dieselbe Idee, denn unsere Blicke trafen sich.

So verharrten wir eine Sekunde lang, bevor sie ein trockenes »Erwischt!« von sich gab und sich schwungvoll wieder wegdrehte. Dabei flogen ihre Korkenzieherhaare wie bei einem Kettenkarussell nach außen. Ich fing an, die Zucchini zu schneiden, bekam mein Dauergrinsen aber nicht mehr aus dem Gesicht.

9 Toms Rettung

Der Lärmpegel draußen verriet die Anwesenheit von zunehmend mehr Leuten. Gerade als ich mit meinem Küchendienst fertig war, tauchte Bent auf und zog mich mit sich auf die Terrasse. In einem eisgefüllten Kübel wurden größere Mengen eines hellen Leichtbiers runtergekühlt.

Mit den Worten »Du musst aufpassen, dass du nicht zu sehr dehydrierst« reichte er mir augenzwinkernd eine geöffnete Flasche. Aus einer Schale auf dem Tisch daneben griff ich mir einen Limettenschnitz und drückte ihn in den Flaschenhals.

»Cheers!«

»Salute!« Mein Körper sog die kalte Flüssigkeit auf wie ein Schwamm und ich beschloss, danach lieber mit was Antialkoholischem weiterzumachen.

»Schade, dass Lucie morgen abreist«, sagte Bent unvermittelt.

Ich schaute ihn interessiert an.

»Sie hat einen tollen Job drüben auf dem Festland ergattert. Bei einem Verlag. Sie kann dort in der Abteilung für fremdsprachige Literatur arbeiten. Du musst wissen, sie ist ein echtes Sprachtalent. Bislang hat sie als Übersetzerin Auftragsarbeiten angenommen. Das hat ihr zwar Spaß gemacht, aber seit Lucie ihren neuen Vertrag unterschrieben hat, ist sie einfach nur noch gut drauf.«

»Ja, das ist wirklich schön für sie«, sagte ich, aber fast wäre mir sowas wie »Ooch, was für ein Jammer!« rausgerutscht. Ich atmete tief durch und ließ meinen Blick über den Horizont schweifen – wenigstens der Sonnenuntergang könnte heute noch großartig werden.

Gedankenversunken schlenderte ich neben Bent her. Er begrüßte fortwährend Leute, die in kleinen Gruppen beisammen standen und sich gutgelaunt unterhielten. Ich wurde jeweils kurz mit allen bekannt gemacht, aber schon bald gab ich es auf, mir die vielen neuen Namen merken zu wollen.

»So, ich muss mich drinnen noch um ein paar Dinge kümmern. Sieh dich weiter um, häng' dich wo dran, und vor allem, genieß' den Abend. Wir plauschen nach der großen Raubtierfütterung noch ein bisschen, ja?«

»Aber sicher. Lass' dich nicht aufhalten!«

Ich schaute mich am Strand um. Die Lagerfeuer-Crew hatte doch noch ein hoch aufloderndes Feuer zustande gebracht. Hinter dem Grillplatz erkannte ich eine Dreiergruppe Männer – einer davon war Liam. Ich machte mich auf den Weg zu ihnen. Auf halber Strecke erkannte Liam auch mich und mit einer Art Kraulbewegung ermunterte er mich, herüberzukommen. Die Drei öffneten ihren Kreis und Liam deutete mit dem Zeigefinger der Hand, in der er seine Flasche hielt, der Reihe nach auf die anderen beiden:»Tom, Cesare.«

»Hey, ich bin Frank.«

Unsere Bottles trafen sich in der Mitte des Kreises und nach einem Begrüßungsschluck wandte sich Liam mir zu:»Und Frank, hattest du auf deinem langen Weg hier herunter Zeit, über die Lösung meiner kleinen Aufgabe nachzudenken?«

»Zeit schon, aber offen gesagt, noch nicht den Ehrgeiz, mich auf das Lösen schwieriger Fragen zu konzentrieren.«

Derjenige aus der Runde, den mir Liam als Cesare vorgestellt hatte, ging ihn mit einer geschraubt pikierten Stimme an:»Was fällt dir ein, Liam, einen armen Schiffbrüchigen gleich mit deinen Spezialfragen zu belästigen?«

»So schlimm war's nun auch wieder nicht. Ich habe ihn lediglich gefragt, ob er weiß, was große Herausforderungen und Stress mit Meerwasser gemein haben.«

»Muss man das wissen?«, mischte sich Tom ein, »Also mir würde dazu auch nichts einfallen.«

»Gerade du solltest es doch am besten wissen.«

Besagter Tom zog eine schräge Schnute und kniff dabei ein Auge zu.

»Ja, du hast schon richtig gehört. Du weißt vielleicht nur nicht, dass du's weißt.«

Cesare winkte lachend ab: »Oh Mann, jetzt wird's wieder philosophisch.«

»Wird's überhaupt nicht«, wiegelte Liam ab. »Tom soll Frank doch mal erzählen, wie das damals war, als er einen Tag lang die geliehene Jolle hatte und schier damit abgesoffen wäre.«

Tom rollte mit den Augen: »Ach die Story meinst du.«

Mit schief gehaltenem Kopf blickte ich Tom abwartend an.

»Also gut. Die Geschichte hat ja ein Happy End, so dass man sie den Leuten auch an einem schönen Abend wie diesem zumuten kann.«

Wir anderen rückten zusammen, so dass Tom, der uns nun gegenüber stand, die Bühne ganz für sich allein hatte.

»Das war so: Ich hatte mir von einem Kumpel eine Einmannjolle geliehen, um mal auszuprobieren, ob mir das hobbymäßige Rumschippern auch Spaß machen könnte.«

Liam unterbrach ihn an dieser Stelle: »Du musst wissen, Tom fährt täglich zum Fischen raus – er ist quasi ein Profi-Seemann.«

»Aber ein ziemlich wasserscheuer, wenn du mich fragst«, hängte Cesare an. »Dafür, dass er beruflich mit dem Meer zu tun hat ...«

»Vielleicht hältst du einfach mal einen Moment lang die Klappe, damit ich endlich weiterreden kann. Also, es war dort draußen, nicht weit vom Strand weg, wo das Wasser aber immerhin schon um die sechs Meter tief ist.«

Cesare konnte es nicht lassen: »Als du die Geschichte das letzte Mal erzählt hast, waren es da nicht noch vier Meter?«

Liam stupste mir den Ellbogen in die Seite und grinste mich an.

Tom fuhr unbeirrt fort: »Das spielt doch überhaupt keine Rolle. Wichtig ist doch nur, dass man dort definitiv nicht mehr stehen konnte. Ich bin also gekentert. Ist beim sportlichen Segeln ja nichts Dramatisches. Gehört sozusagen dazu. Aber die Jolle ist von einer Bö dermaßen hart erwischt worden, dass es sie so richtig mit Schmackes umgehauen hat. Sie hat sich nicht nur auf die Seite gelegt, sondern sie ist komplett durchgekentert, der Mast zeigte also senkrecht zum Meeresboden. In so einer Position liegt ein Boot ziemlich stabil und richtet sich von allein nicht mehr auf – da muss man schon von außen an ihr zerren und nachhelfen.

Wär' alles immer noch nicht so schlimm gewesen, das Dumme war nur, dass ich unter Wasser war und mich in den tausend Leinen, die unterm Boot rumtanzten, total verheddert hatte. Ich hatte zwar eine Schwimmweste an, die mir genug Auftrieb gab, um schnell an die Oberfläche zu kommen, aber die konnte mir in dieser Situation auch nicht helfen. Kurz bevor ich die Oberfläche erreichte, hielt mich irgendwas zurück. Ich sah das Sonnenlicht und die Luftbläschen, die an meinen wild rudernden Händen vorbei nach oben strebten, aber konnte strampeln, so viel ich wollte, es ging nicht weiter. Mir wurde die Luft knapp – wahrscheinlich hatte ich vergessen, nochmal einzuatmen, bevor ich unfreiwillig abtauchte, so dass ich jetzt nur noch für wenige Sekunden Sauerstoffreserve hatte.

Um den Zug aus den Leinen zu nehmen, ruderte ich wieder etwas nach unten und zerrte in jeder Richtung an allen Strippen, die ich fassen konnte. Mit aller Kraft stieß ich mich schnell wieder in Richtung Wasseroberfläche ab. Doch da war er wieder, dieser grausame Ruck, der mich eine Armlänge vor meinem Ziel erbarmungslos festhielt. Jetzt geriet ich richtig in

Panik. Ich ruderte ein letztes Mal in Richtung Bootsunterseite, in der Hoffnung, dass die verfluchten Leinen sich irgendwie lösten und mich frei gaben. Mein Luftvorrat war endgültig erschöpft und mir wurde klar, dass ich in meiner Verzweiflung jeden Moment Wasser einatmen würde und dass dies mein Ende bedeutet hätte.

Ich drehte den Kopf nach oben und sah das wunderbare Sonnenlicht. Mein Verlangen, mit aller Kraft so schnell es ging wieder dorthin zu schwimmen, war übermächtig, mein Verstand bereits vollkommen blockiert – ich konnte nicht mehr klar denken. Unter mir sah ich den Mast und die sich wie Schlangen um ihn windenden Leinen.

Aus weiter Ferne wurden zwei Gedanken zu mir getragen: Du wirst jetzt gleich sterben! Ist das nicht lächerlich? An einem unbedeutenden, harmlosen, sonnigen Segelnachmittag wirst du ersaufen.

Und der andere Gedanke, mehr gespürt als wirklich noch gedacht, war: Du musst unbedingt etwas anders machen als bisher, etwas, das dir total gegen den Strich geht! Sieh es ein, wieso sollte ein weiterer Versuch, direkt nach oben zu strampeln, dieses Mal Erfolg haben? Also tu' es! Es ist deine letzte Chance – gleich wirst du sterben, Mann!

Also schwamm ich in Richtung Mast, weiter nach unten, weg vom rettenden Licht. Ganz mechanisch, ohne zu denken, fast schon besinnungslos.«

Unsere kleine Männerrunde stand ganz still da. Nicht einmal Cesare war zu einem Jux aufgelegt. Er schaute seinen Freund mit angehaltenem Atem ernst an.

Tom erzählte weiter: »Als ich unter dem Rumpf durchgetaucht war, strebte ich so schnell ich konnte mit drei oder vier langen, kräftigen Schwimmstößen wieder nach oben. Auch diesmal sah ich meine gestreckten Arme vor mir, wie sie fast die Oberfläche berührten. Meine Lippen öffneten sich und ich schluckte salziges Meerwasser. Jeden Moment erwartete ich den tödlichen Ruck der Leinen.

Doch es passierte etwas Wunderbares: Meine Hände durchbrachen die Oberfläche, und gleich danach konnte ich ihnen folgen – einfach so, hinaus zum Licht. Ich spürte die Wärme der heißen Sonne auf meinem Gesicht und pumpte Luft wie ein Besessener – ohne Rücksicht auf das aufspritzende Salzwasser um mich herum. Dann hustete ich mir erst mal die Seele aus dem Leib. Scheißegal – ich war am Leben!«

»Wow«, sagte ich nur, »wie konnte das mit den Leinen denn überhaupt passieren?«

»Das kann ich dir sagen. Sobald ich wieder klar denken konnte, erkannte ich das Problem recht schnell.

Ein Leine hatte sich an einer der Schnallen meiner Schwimmweste verhakt, lief mir über die Schulter und war ein paar mal um meinen Oberschenkel geschlungen. Das konnte ich unter Wasser natürlich alles nicht erkennen. Als ich es schaffte, aufzutauchen, war ich zwar immer noch in die Leine verheddert, aber auf dieser Seite des Bootes war sie offensichtlich länger und reichte bis nach oben. War eben eine gute Portion Glück dabei – sie hätte ja auch für beide Seiten zu kurz sein können, um bis an die Oberfläche zu kommen.«

Ich hielt Tom meine Pulle zum Anstoßen hin: »Mensch Tom – was für ein krasses Erlebnis. Aber freut mich, dass du heute gesund und munter hier sein kannst.«

Tom nickte grinsend und kniff beide Augen kurz zusammen, bevor er mit mir anstieß.

»Dem kann ich mich nur anschließen«, meinte Cesare. »Ich habe die Geschichte zwar schon öfters gehört, aber ich finde sie jedes Mal immer noch ganz schön schaurig.«

Auch Liam wirkte ernst: »Allerdings. So gesehen kann man's schon fast nachvollziehen, dass du es als einziger von uns nicht so mit dem Segeln hast.«

»Das wäre untertrieben. Ich sagte es doch, regelrecht wasserscheu ist der«, hängte Cesare, der so langsam zu seiner alten Form zurückfand, noch dran.

In diesem Moment wurde Liam von einer Frau angerempelt. Sie war fast zwei Köpfe kleiner als er, schlang jetzt einen Arm um seine Hüfte und blickte zu ihm hoch.

»Na Großer. Wenn ihr Jungs so ernst beisammensteht, werden doch bestimmt wieder alle Probleme dieser Welt durchgenommen. Mensch Leute, it's Party Time!«

»Tja, Lea, du kommst wie immer genau zur rechten Zeit, um uns zu erretten«, gab Liam zurück und legte seinen Arm um ihre Schulter.

Lea machte sich wieder von ihm frei: »Also ich habe einen Bärenhunger und hole mir jetzt was fürn Grill. See you!« Und fort war sie.

Liam zuckte mit den Schultern. »Sie hat halt eine quirlige Art. Aber recht hat sie schon. Ich könnte mir so langsam auch was hinter die Kiemen schieben.«

Und zu mir gewandt: »Mit Toms Erlebnis im Hinterkopf, solltest du die Antwort auf mein kleines Rätsel zusammenkriegen, oder?«

Mit einem angedeuteten Boxhieb drückte er seine Riesenfaust gegen meinen Oberarm und zwinkerte mich an: »Ich kann dich später ja abfragen.«

»Jetzt werde aber erst mal ich euch den Frank entführen«, ließ sich Bents Stimme hinter uns vernehmen. »Vielleicht traut er sich bloß nicht, richtig zuzulangen und verhungert uns demnächst.«

10 Veränderungen

Ich begleitete Bent zurück ins Haus, um mir eine der zum Grillen vorbereiteten Doraden aus dem Kühlschrank zu holen. Jedoch war ich auf dem Weg dorthin nicht sehr gesprächig, da mir Toms Geschichte noch durch den Kopf ging und ich mich fragte, wie sie mit Liams Stressbetrachtungen zusammenhing.

»Was Herausforderungen mit Stress zu tun haben, ist offensichtlich«, überlegte ich. »Denn wenn ich zu viele Aufgaben, die mich fordern, am Hals habe, kommt bald der Punkt, an dem ich im wahrsten Sinne des Wortes *über*fordert bin. Wenn ich keine Chance mehr habe, meine Aufgaben zu bewältigen, stellt sich unweigerlich Stress ein – ungesunder, negativer Stress. Und man kann im Stress regelrecht ertrinken. Wenn einen irgendetwas festhält, kommt man nicht mehr an die Oberfläche, obwohl man strampelt und sich anstrengt – bis einem die Luft ausgeht.«

Ich fasste meine Gedanken zusammen: »Wenn also sowohl Wasser als auch Stress zu lebensgefährlichen Bedrohungen werden können, wenn einem die Luft zum Atmen genommen wird, man sich bis zur totalen Erschöpfung anstrengt, aber man trotzdem nicht mehr nach oben kommt, lässt sich Toms Rettung vor dem Ertrinken dann nicht auch auf Stresssituationen übertragen? Könnte Toms Vorgehen einen Hinweis geben, wie man jener Sorte Stress entkommen kann, die einen umbringen würde?«

Ganz mechanisch packte ich mir ein klein wenig von dem bereitgestellten Gemüse auf den Teller, um dann alles mit zum Grillplatz zu nehmen.

»Was also hatte Tom richtig gemacht?«, fragte ich mich und gab mir sogleich selbst die Antwort: »Er hat den Kurs gewechselt. Er hat etwas anderes ausprobiert, nach dem Motto: Nur ein radikales Umdenken kann mich jetzt noch retten. Es erforderte zweifelsohne eine immense Willensanstrengung, dies zu tun. Eine Garantie, dass er damit Erfolg haben würde, hatte er nicht. Aber er hat sich diese Chance gegeben – und das Glück war auf seiner Seite. Nur deshalb ist er davongekommen.«

»Du bist schweigsam, Frank.«

»Wie? Ach so, ja. Entschuldige Bent, ich war in Gedanken.«

»Du brauchst dich nicht dafür zu entschuldigen, dass du nachdenkst. Aber aufpassen solltest du, dass dein Fisch nicht verkohlt. Über dieser heißen Glut geht das in Nullkommanichts.«

Ich sprang von dem großen, ausgebleichten Holzstamm, auf dem wir uns niedergelassen hatten, auf und kümmerte mich schleunigst um mein Grillgut, welches auf einer Alufolie ausgebreitet auf dem Rost lag. Dann setzte ich mich wieder neben Bent. Der drehte sich mir zu, schaute mich lange an, und ich hatte schon wieder das Gefühl, gar nicht weiter erklären zu müssen, was mich beschäftigte.

»Sieh es mal von dieser Seite, Frank: Der direkte Weg zum Ziel ist nicht immer der beste. Du kennst das Problem mit der Hundekurve?«

Ich verzog mein Gesicht, worauf Bent leise gluckste und erklärte: »Wenn ein Hund über den Fluss schwimmt, dann fixiert er immer den Punkt, wo er hin will. Das führt dazu, dass er einen riesigen Bogen schwimmt – was sehr ineffizient ist. Jemand, der weiß, dass ihn die Strömung abtreiben wird, der peilt zunächst einen Punkt stromaufwärts des Ziels an und behält diesen Vorhaltewinkel bei. Auf diese Weise kann er auf einer geraden Linie aufs Ziel zuschwimmen.«

»Soweit schon klar, Bent, aber kann manchmal nicht auch der entgegengesetzte Weg der richtige zum Ziel sein?«

»Ja natürlich. Es wäre auch verwunderlich, wenn sich der Sonderfall einer optimalen Flussüberquerungstaktik auf alle Herausforderungen des Lebens übertragen ließe. Aber im Ernst: Die meisten Menschen sind nicht bereit, eine Kurskorrektur vorzunehmen oder gar Umwege in Kauf zu nehmen, selbst wenn sie merken, dass die eingeschlagene Richtung falsch ist. Sie starren ihr Ziel an und versuchen krampfhaft direkt darauf zuzuhalten. Und das ist der Knackpunkt, über den du dir klar werden musst. Was glaubst du, weshalb es für uns so schwer ist, Veränderungen zu akzeptieren oder sie sogar selbst herbeizuführen?«

»Was mich anbelangt, ist es oft so, dass ich bei einem bestehenden Zustand, auch wenn er suboptimal ist, wenigstens weiß, was ich an ihm habe. Wenn ich eine Veränderung lostrete, dann kann es doch sein, dass der neue Zustand noch schlechter ist. In dem Fall würde ich mich bodenlos ärgern, dass ich nicht das behalten habe, was ich zuvor hatte.«

»Welche Zustände oder Sachverhalte meinst du genau?«

»Keine bestimmten. Das kann der Wechsel der Wohnung sein, inklusive dem Umzug in ein anderes Stadtviertel, oder gravierender, es könnte der Wechsel des Arbeitsplatzes sein. Ich glaube, der Widerstand gegen Veränderungen tritt bei allem auf, was man aufgeben würde, weil es nicht gut genug ist, aber andererseits vielleicht auch nicht soo schlecht ist, dass es nicht noch schlechter ginge. Oder anders gesagt, immer, wenn eine Veränderung nicht umkehrbar ist, ist mir das Risiko, mich hinterher nicht verbessert zu haben, oft zu groß. Jetzt nicht bei kleineren Dingen – aber bei wichtigen Entscheidungen schon.«

»Siehst du, und genau das ist der Grund, weshalb wir uns irgendwann nicht mehr wohl in unserer Haut fühlen, aber glauben, nichts dagegen tun zu können. Nehmen wir doch mal an, es ginge um einen Job, der uns nur zu 50 % gefällt, aber immerhin genug Geld abwirft, um unser Leben zu finanzieren. Sollten wir dann nicht wenigstens den Versuch unternehmen, einen Job auszuüben, der uns zu 95 % Spaß macht?«

»Theoretisch schon. Aber so einfach ist das im wirklichen Leben nun mal nicht. Man könnte schließlich seine Kredite bei der Bank nicht mehr bedienen können und nach einer Zwangsvollstreckung unter der Brücke landen. Im schlimmsten Fall zieht man vielleicht andere mit runter, beispielsweise Familienmitglieder, für die man verantwortlich ist. Da ist es manchmal schon besser, die Zähne zusammenzubeißen.«

»Und seine Lebenszufriedenheit zu opfern – meinst du das?«, ergänzte Bent, bevor er selbst die Alternative nachlieferte: »Nein, mein Lieber. Wir haben nur dieses eine Leben. Nimm mal den Liam. Der hatte ursprünglich Maschinenbau studiert, ist in einem großen Konzern gelandet und hat sich rund um die Uhr abgerackert – bis hin zum Burnout. Auf die Details will ich jetzt gar nicht eingehen. Wichtig ist nur, so ungewöhnlich und selten war sein Lebensweg bis dahin gar nicht.

Doch sieh ihn dir heute an. Er baut Möbel. Und das mit einer Hingabe, die ihresgleichen sucht. Du solltest mal sehen, wie er in seiner Werkstatt auflebt, wenn ihn der Geruch nach frischem Sägemehl und Holzleim umgibt, er mit seinen Händen über die fein geschliffenen Oberflächen der Furniere streicht. Holzbearbeitung ist für ihn nicht nur ein Handwerk, es ist eine Passion. Mit Maschinenbau beschäftigt er sich übrigens weiterhin. Er wälzt Fachbücher, schreibt und korrespondiert viel. Was genau er da treibt, kann ich dir nicht sagen, aber zwei-, dreimal im Jahr fährt er zu Kongressen und hält sogar selbst Vorträge. Bei all dem hat er noch eine Familie – und was für eine tolle. Und nun sag mir einer, Liam wäre besser in seinem Konzern geblieben.«

Ich massierte mein Kinn: »Dass Liam kein purer Holzhacker ist, hatte ich schon vermutet, aber das, was du da erzählst, verblüfft mich schon etwas.«

»Ja, es ist eine Erfolgsstory. Nichtsdestotrotz glauben die meisten Menschen, dass eben nur andere regelmäßig Erfolg haben, bei ihnen selbst so etwas aber nie funktionieren würde. Wir Menschen sind Weltmeister im Zurechtlegen von Alibi-Begründungen, die es uns bequem erlauben, alles zu belassen wie's ist.«

»Du willst mir damit sagen, dass wir uns nur allzu leicht mit einem Quäntchen Lebensqualität zufrieden geben anstatt ein Risiko einzugehen, auch wenn wir dafür vielleicht einen ganzen Batzen Lebensqualität gewinnen könnten?«

Bent reagierte mit seinem herzhaften Baritonlachen: »Ja, sich einen *ganzen Batzen* Lebensqualität unter den Nagel zu reißen, ist doch mal eine schöne Vorstellung.«

Dann wurde er wieder sachlich: »Ist das Wort ›Risiko‹ nicht der Schlüsselbegriff in deinem letzten Satz? Was ein kleines und was ein großes Risiko ist, ist schließlich eine sehr relative Sache.«

Bent schaute mich abwartend an.

»Es stimmt schon. Was meine Risikobereitschaft angeht, halte ich mich freilich gern in einer Komfortzone auf. Ich bin halt kein risikofreudiger Mensch, keine Spielernatur.«

»Eine Spielernatur brauchst du auch gar nicht zu sein«, wiegelte Bent ab. »Du hast es doch schon angedeutet: Risiko hat etwas mit Komfortzonen, mit Bequemlichkeit zu tun. Hast du dir jemals die folgenden Fragen gestellt:

* Welche Veränderungen wünsche ich mir in meinem Leben?

* Was müsste hierfür passieren?

* Was kann ich selbst aktiv dafür tun?

* Was hält mich von der Realisierung ab?

* Wie könnte ich diese Hindernisse beseitigen oder
  umgehen?

* Welche Ziele und Zwischenziele müsste ich mir
  hierfür setzen?

* Wie sähe der zugehörige Plan aus, den ich messbar
  abarbeiten könnte?«

Meine Antwort fiel knapp aus: »Also die Frage, was sich ändern müsste, damit ich glücklicher mit meinem Leben bin, habe ich mir schon öfters gestellt. Was hierfür passieren müsste, habe ich mir bestimmt auch regelmäßig überlegt. Ich schätze, dass ich an diesem Punkt dann aber jeweils resigniert habe.«

»Dann mach' dir doch die Mühe, noch einen Schritt weiter zu gehen. Das bist du dir und deinem Leben schuldig. Du musst doch nicht ins kalte Wasser springen. Vieles lässt sich recherchieren, planen und vorbereiten, bevor du eine Entscheidung triffst und sie umsetzt. Während Veränderungen unumkehrbar sein können, lassen sich vorbereitende Teilschritte oft parallel zu einer bestehenden Situation umsetzen.

Nach meiner Erfahrung gilt das alles übrigens nicht nur für Ziele, bei denen du etwas Bestehendes loswerden willst, sondern grundsätzlich für alle, also auch zusätzliche, neue Lebensziele.«

Bent deutete mit seinem Kinn in Richtung Lagerfeuer. Wir holten uns was vom Grill und mit dem Teller auf den Knien genoss ich die Köstlichkeiten, aber auch die Stimmung am Feuer, einfach den ganzen Sommerabend.

Ein Gedanke, oder es war eher eine Frage, meldete sich im Stillen immer deutlicher zu Wort: »Willst du denn dein ganzes Leben so weitermachen wie bisher? Oder solltest du etwas grundlegend verändern? Ans Licht hochschwimmen – dorthin, wo du wieder frei atmen kannst?«

Je länger ich darüber nachdachte, desto mehr wurde mir bewusst, dass vieles ja ganz O.K. war, so wie es war. Aber andererseits hatte ich noch eine Reihe von Wünschen und Ideen, um die ich mich endlich kümmern sollte.«

Mir war klar, dass sich das Vorhaben, welches sich da unscharf andeutete, an jenem Abend nicht in einen strukturierten Plan übersetzen lassen würde. Aber dass ich mich bald daran machen musste, über Tätigkeiten und Arbeitsinhalte nachzudenken, die mir Spaß machen und mir etwas geben würden, war ebenso klar. So saß ich beispielsweise nicht gern über Dokumenten brütend allein in meinem Büro. Ich arbeitete lieber mit Menschen zusammen, hörte ihnen zu, dachte mit ihnen über Lösungen für ihre Probleme nach – und freute mich aufrichtig, wenn sich später zeigte, dass ihnen die Diskussion mit mir geholfen hatte.

Hier musste ich ansetzen, wenn ich aus meinem stressigen Hamsterrad-Dasein endlich ausbrechen wollte.

11 Zwei Sorten Glück

Bent stellte seinen Teller vor sich im Sand ab: »Ich mach' mal die Runde. Mit ein paar alten Freunden plaudern. Du kennst dich hier mittlerweile ja aus.«

Während ich mit wedelnder Hand am hochgerecktem Arm einen Abschiedsgruß andeutete, machte ich mich meinerseits in Richtung Terrasse zur Salatbar auf. Als ich mir gerade ein paar der Köstlichkeiten auf den Teller schaufelte, bemerkte ich Lucie und Lea auf der anderen Seite des Thekentisches. Sie unterhielten sich angeregt. Es muss um etwas enorm Albernes gegangen sein. Lea hielt sich kichernd die Hand vor den Mund und sie drehten sich gickelnd weg – als ob ich die Seitenblicke zu mir herüber nicht bemerkt hätte. Wie zwei elfjährige Mädchen.

»Alles klar bei euch?«

»Und wie!«, gab Lucie zurück. »Komm, lass' uns zusammen Sonnenuntergang gucken!«

Sodann standen wir Drei nebeneinander am Geländer der Terrasse, futterten Salat und blickten aufs Meer hinaus.

»Auch wenn ich das schon hundertmal gesehen habe, es ist jedes Mal gänsehautmäßig obergroßartig kitschig schön«, sagte Lea mit gesenkter Stimme.

Der rote Feuerball berührte das Meer am Horizont und versank dann langsam im Wasser. Wir standen mehrere Minuten ohne ein Wort zu sagen da – keiner von uns wollte die Stimmung durch Geplapper stören.

Nach längerer Zeit brach Lea das Schweigen und fragte mich flüsternd: »Hattest du bereits Gelegenheit, über Antworten nachzudenken? Und falls ja, wie geht's dir damit?«

Sie drehte sich mir zu und wartete.

»Weißt du, Lea, mir schwirrt der Kopf, so viele neue Impulse musste ich heute verarbeiten. Immerhin weiß ich jetzt, dass ich mich mit Blick auf mein künftiges Leben neuen Ideen öffnen sollte, anstatt so weiterzumachen wie bisher, anstatt dem Stress mit immer nur mehr Einsatz zu begegnen – in der Hoffnung, ihn auf diese Weise besiegen zu können. Da sollte dringend was passieren – ich muss es mir bloß endlich eingestehen.«

Sie lächelte: »Aber dann bist doch schon ziemlich weit gekommen. Die Antwort auf die Parkmünzenfrage bildet ab diesem Punkt höchstens noch den Rahmen fürs Gesamtgefüge.«

Ich blickte sie skeptisch an: »Muss ich das jetzt verstehen?«

Lea lachte: »Entschuldige, Frank. Mit meinem komischen Drumrumgerede kann ich dich ja nur verwirren. Das wollte ich nicht. Also fangen wir mal so an: Hast du dir überhaupt schon irgendetwas in Sachen Parkmünze überlegt?«

»Wenig. Lediglich so viel: Wenn ich eine Münze finde, die zufällig auf der Straße liegt, genau zu dem Zeitpunkt, wo ich eine für den Parkautomaten brauche, dann hatte ich an diesem Tag tatsächlich mal Glück.«

»Aha. Du bist dann also ein glücklicher Mensch.«

»Jetzt wollen wir's mal nicht übertreiben. Bloß weil man Glück hat, ist man ja noch kein glücklicher Mensch.«

»Oh, das ist aber eine äußerst interessante Aussage«, warf Lucie ein, die unser Gespräch mitverfolgt hatte. »Wie willst du denn glücklich sein, ohne jemals Glück zu haben?«

Lea schaute zwischen Lucie und mir hin und her. Ich überlegte eine geraume Zeit, weil eine Antwort schwieriger war, als ich dachte.

Lucie dauerte es zu lang, denn sie setzte nach: »Oder ist es nur eine Frage der Glücksmenge für dich? Vielleicht ist eine Münze zu wenig im Vergleich zu, sagen wir mal, einem ganzen Münzberg, einem Lottogewinn beispielsweise?«

Ich kratzte mich hinterm Ohr. »Kann sein ..., oder nein. Wenn ich mir's recht überlege, dann hat die Glücksmenge, wie du es nennst, nur was mit der Dauer des positiven Gefühls danach zu tun. Natürlich bin ich nach dem Fund einer Münze nicht eine Woche lang in Hochstimmung. Ein paar Minuten lang freue ich mich über so einen glücklichen Zufall schon, aber das war's dann auch.«

»Und was wäre nun mit dem Lottogewinn?«

»Tja, der hielte garantiert länger vor.«

»Für den Rest deines Lebens?«

»Das wahrscheinlich auch nicht. Aber ein Jahr würde es womöglich dauern, bis ich mich an den Zustand, reich zu sein, gewöhnt hätte. Wenn ich nach einem Jahr morgens aufwachte, würde ich nicht als Erstes vor Glück schier zerspringen, sondern ich würde denken, dass dies eben der Beginn eines ganz normalen Tages wäre.«

Lea stieg wieder in das Gespräch ein: »Jetzt haben wir so ungefähr eine Ahnung, wie sich die Glücksquantität auswirkt. Was aber ist mit der Glücksqualität?«

»Du meinst, welche Sorte Glück sich wie auswirkt?«

»Genau das.«

Schon wieder war die Antwort alles andere als einfach. Mit Blick auf den Horizont, über dem der rote Widerschein der untergegangenen Sonne stand, rieb ich meine Wangen mit beiden Händen.

»Wisst ihr, ich glaube, *das* Glück gibt es gar nicht. Es gibt auf jeden Fall ein materielles Glück und ein Glück, das mit Leben und Tod zu tun hat, oder mit der Beziehung zu anderen Menschen. Das kann man nicht in einen Topf werfen.«

Lucie und Lea schauten sich vielsagend an, erwiderten aber nichts.

Erst nach einem Weilchen ermunterte mich Lucie: »Sprich ruhig weiter! Ich schätze, du bist auf dem richtigen Weg.«

Ich dachte laut: »Wenn ich mir's recht überlege, dann ist materielles Glück doch nur ein günstiger Umstand, der mir das Leben erleichtert oder verschönert, aber nichts, was ..., was mir ..., was für mich ... in irgendeiner Form ...«

»Du denkst, es ist nichts, was deinem Leben einen Sinn geben kann«, half Lea mir aus.

»Ja genau! Auf exakt das läuft es hinaus.«

Jetzt fiel mir eine lang zurückliegende Erkenntnis aus dem Englischunterricht ein: »Die Angelsachsen tun sich da leichter, die haben zwei unterschiedliche Begriffe fürs Glück: Mit ›Luck‹ meinen sie einen glücklichen Zufall oder Umstand, mit ›Happiness‹ ein Glücksgefühl. Und ich gebe dir recht, Lea, um das Luck-Glück herum kann ich mir keinen Lebenssinn konstruieren. Solange es mir in Sachen Grundversorgung nicht an den Kragen geht, werde ich mich mit dieser Form des Glücks nur kurzfristig gut fühlen – denn ein hieraus entstandenes Glücksgefühl geht über kurz oder lang wieder weg.«

Lea nickte mir nachdenklich zu: »Kannst du dir vorstellen, Frank, was ein nachhaltigeres Glücksgefühl erzeugen würde? Durch welche Dinge das andere Glück, dieses Happiness-Glück, bewirkt werden könnte?«

Ich massierte meine Schläfen: »Vielleicht sollte ich mir zunächst mal überlegen, wofür diese Form des Glücks denn gut wäre. Denn das ist einfach: Dieses Happiness-Glück würde meine generelle Lebenszufriedenheit garantiert steigern – und das womöglich dauerhaft.«

Dann verfolgte ich diesen Gedanken weiter: »Und ist es nicht der wahre Sinn eines Lebens, so zufrieden wie nur möglich mit genau diesem Leben zu sein? Kommt es nicht darauf nur an? So lange es geht, so oft es geht, so intensiv es geht zufrieden mit seinem Leben zu sein – am besten jeden Tag, von Geburt an bis zum Ende? Dann hat man es doch geschafft, das Beste aus seinem Leben zu machen – mehr geht nicht.«

Lucie lächelte mich an: »Über das, was du da soeben gesagt hast, können wir uns schnell einig werden. Jetzt brauchen wir nur noch die Antwort auf Leas Frage: Wodurch kann diese Sorte Glücksgefühl ausgelöst werden, das zu solch einer dauerhaften Lebenszufriedenheit führt?«

Alle drei blickten wir lange schweigend zum Horizont. Jeder von uns war mit seiner eigenen Stoffsammlung beschäftigt.

12 Beziehungsqualitäten

Lea ergriff als Erste wieder das Wort: »Was ist mit der Qualität unserer Beziehungen zu anderen Menschen? Ich habe in einem Fachartikel mal gelesen, dass Einsamkeit das Sterberisiko stärker erhöhen soll als das Rauchen.«

Ich stimmte ihr zu: »Dass Isolation traurig und krank macht, würde ich nie abstreiten. Wenn ich allein bin, oder es sein muss, dann hilft mir beispielsweise ein heißes Bad mit guter Musik im Hintergrund, um nicht trübsinnig zu werden. Auch probiere ich gern was Neues aus einem meiner vielen Kochbücher aus oder lese ein spannendes Buch. Dann fühle ich mich meistens so halbwegs gut mit mir – obwohl meine eigene Gesellschaft nicht immer einfach für mich ist«, schob ich schmunzelnd hinterher.

Wie es aussah, hatte Lucie ähnliche Erfahrungen gemacht: »Ja, das ist ein klasse Ansatz. Sich selbst zu verwöhnen heißt nämlich, sich selbst zu achten. Die größte Gefahr, die die Einsamkeit mit sich bringt, ist doch der Verlust der Selbstachtung.«

»Und was Franks Aufzählung angeht, würde ich noch weitergehen«, nahm Lea das Thema auf. »Jede Form der Beschäftigung mit interessanten Dingen, das

Sammeln neuer Erfahrungen oder Sinneseindrücke, führt unweigerlich zu kleinen Glücksmomenten, die sich durchaus zu einem positiven Lebensgefühl aufsummieren können. Aber nochmals, wird das nicht mit anderen Menschen zusammen eher erleichtert?«

»Auf jeden Fall«, stimmte ich ihr auch diesmal zu. »Aber du hast vorhin konkret nach der Qualität der Beziehung zu anderen gefragt. Wenn ich so darüber nachdenke, dann waren die schönsten Zeiten in meinem Leben die, die ich mit Leuten verbracht habe, die ich mochte – und von denen ich wusste, dass dies auf Gegenseitigkeit beruhte. Während solcher Zeiten konnte ich wenigstens nie dunklen Gedanken nachhängen und über Probleme grübeln – denn ich muss zugeben, dass dies eine echte Spaßbremse für mich sein kann – dafür sorgen schon mein Job und die Typen, mit denen ich dabei regelmäßig zu tun habe.«

»Ist es dann nicht furchtbar, dass viele Menschen sich weit häufiger und intensiver mit dem Anreichern von materiellen Gütern beschäftigen, anstatt sich um die Pflege ihrer Sozialkontakte zu kümmern?«, sprach Lucie aus, was uns allen bereits zunehmend bewusst wurde.

»Außerdem geht es nicht nur um die Pflege von bestehenden, sondern auch um das Knüpfen neuer Beziehungen«, ergänzte Lea.

Ich ließ die letzten Sätze kurz nachwirken, bevor ich versuchte, alles zusammenzufassen: »Ich glaube, jedes Interesse an Neuem, an Aktivitäten mit anderen Menschen, einschließlich dem Schließen neuer Bekanntschaften oder gar Freundschaften, verschafft einem Glücksmomente und erhöht somit die allgemeine Lebensqualität. Die hieraus entstandene Zufriedenheit mit dem eigenen Leben lässt sich garantiert nicht mit der Zufriedenheit gleichsetzen, zu der einem Karriere, Geld und teure Konsumgüter lediglich verhelfen können.«

»Du meinst wohl, mit der langfristigen Unzufriedenheit, zu der einem diese Dinge verhelfen können«, korrigierte Lucie meine Feststellung augenzwinkernd.

Lea wandte sich mir direkt zu, um mich mit einer Frage zu konfrontieren, die mich etwas ins Schwimmen brachte: »Jetzt mal Tacheles, Frank. Hast du dir in deinem bisherigen Leben, deiner Meinung nach, genügend Qualitätsbeziehungen aufgebaut?«

»Na ja, gute Freunde habe ich schon. Aber wenn ich ehrlich bin, sind es nicht sehr viele – genau genommen, verdammt wenige. Kommt noch hinzu, dass ich die relativ selten sehe. Schuld ist hauptsächlich mein Job, der mich oft lange nach Feierabend in Anspruch nimmt – wenn ich danach endlich Zeit hätte, dann bin ich meist ausgepowert und froh, meine Ruhe zu haben.

Noch ne Runde Fernsehen bis zum vollständigen Abklappen ist halt bequemer.«

Noch während ich das sagte, wusste ich schon selbst, dass ich in meiner knapp bemessenen Freizeit vieles falsch machte – bequemerweise eben.

Lea blickte mich mit einem Gesichtsausdruck an, als hätte sie auf eine Zitronenscheibe gebissen.

Schnell schob ich hinterher: »Neue Freundschaften lassen sich nun mal nicht mit einem Fingerschnippen herbeizaubern.« Aber es klang nach dem verzweifelten Versuch, ein Alibi zu präsentieren.

Zu meiner Rettung mischte sich Lucie jetzt wieder ein: »Vielleicht ist es einfacher, als du denkst.«

Nachdem ich nichts erwiderte, sondern sie nur erwartungsvoll ansah, fuhr sie fort: »Ich will dir nicht zu nahe treten, Frank, aber kann es sein, dass du – wie die meisten anderen Menschen übrigens auch – zu sehr auf dich und deine eigenen Probleme fixiert bist?«

Ich zuckte zaghaft mit den Schultern.

»Siehst du, du hättest mir jetzt vehement widersprechen können. Somit brauchst du dich nicht zu wundern. Du schenkst *deinen* Problemen doch auch alle Aufmerksamkeit der Welt, oder?«

»Natürlich tue ich das. Muss ich auch. Von allein lösen die sich nicht in Luft auf.«

»Dann lass' mich noch einen Schritt weitergehen, Frank. Du würdest dich doch freuen, wenn dir jemand zuhört, dich unterstützt, sich womöglich mit um deine Probleme kümmert? Das täte dir doch bestimmt gut?«

»Was für eine Frage. Jeder Mensch wäre froh, einen guten Freund an seiner Seite zu haben, wenn er Probleme hat und es ihm schlecht damit geht.«

»Ahaaa. Merkst du was?«

Als keine der beiden noch etwas sagte, nahm ich den Ball selbst auf: »Ich schätze, dass es wenig Sinn macht, zu warten, bis jemand an meine Tür klopft und mir sagt, dass er oder sie ein liebenswerter, verständnisvoller Typ sei und mich gern zum Freund hätte – und dass er oder sie mich in all meinen Nöten und bei all meinen Problemen ab jetzt beraten und unterstützen wollte. Richtig?«

Lucie und Lea nickten synchron und betont nachhaltig. Ich zog langsam Luft ein und stieß sie hörbar wieder aus.

»Das ist aber alles kein Drama«, fing Lea in ihrem gewohnt unbeschwerten Ton an, weiterzureden. »Qualitätsbeziehungen lassen sich zu weit mehr Menschen aufbauen, als man auf den ersten Blick glaubt.«

Jetzt weiteten sich meine Augen etwas: »Ach ja? Dann erzähl mal!«

»Erzähl's du mir, Frank. Ich wette, du weißt es schon längst, nimmst dir aber nie die Zeit, das Thema zu Ende zu denken. Fang' doch einfach gleich jetzt mal mit dem Weiterdenken an, aber am besten so, dass wir mithören können.«

»Also gut«, legte ich los, »ich brauche doch nur mal zusammenzufassen, was ich selbst an einem guten Freund schätze, weshalb es mir guttut, ihn in meiner Nähe zu haben, wenn ich schlecht drauf bin. Das projiziere ich dann einfach auf einen meiner Mitmenschen – das wird bestimmt so gut auf diese Person passen wie auf mich, wenn ich mal davon ausgehe, dass ich auch nur ein Durchschnittstyp bin.«

Die beiden Mädels lehnten ganz entspannt mit dem Rücken am Geländer und stocherten konzentriert in ihrem Salat herum. Das machte es mir leichter, mich nicht in einer Abfragesituation zu fühlen.

Es sprudelte geradezu aus mir heraus: »Menschen mögen es, wenn man sich für sie und ihre Meinung interessiert, dafür, was sie umtreibt, womit sie sich beschäftigen, was ihnen wichtig ist. Man sollte so ein Interesse nicht nur vortäuschen, mit den Gedanken aber woanders sein – das merkt über kurz oder lang jeder. Man muss beim Zuhören vollkommen präsent sein, ab und zu nachfragen, sein Gegenüber ermuntern, konkreter zu werden.«

An der Stelle fiel mit ein kleines Erlebnis von früher ein: »Ich war mal bei Schneetreiben zusammen mit einem vollkommen unsympathischen Typen auf einer Skihütte – sozusagen eingesperrt. Aus lauter Langeweile, und weil weit und breit niemand sonst verfügbar war, bin ich mit ihm ins Gespräch gekommen. Bald fanden wir sogar ein gemeinsames Interessengebiet. Ich hörte ihm zu, fragte ab und zu nach, und er taute zusehends auf und ließ seine Maske fallen.«

»Kann ich mir gut vorstellen«, meinte Lea. »Wahrscheinlich wusste er insgeheim selbst, dass er nicht sehr sympathisch auf andere wirkte, und so verhielt er sich schon deshalb immer erst recht bescheuert, indem er sich hinter einer unnatürlichen Maske versteckte.«

»Richtig, genau so kam es mir damals am Anfang auch vor. Ich will jetzt nicht sagen, dass wir die besten Freunde wurden, aber immerhin fingen wir an, uns ganz akzeptabel zu finden. Wir gingen freundschaftlich miteinander um, halfen uns in den Folgetagen mit der Ausrüstung und bei diversen Vorbereitungen, konnten also zusehends unverkrampft miteinander umgehen.«

»Das ist doch schon mal eine super Erkenntnis«, resümierte Lucie. »Wenn das jetzt jemand gewesen wäre, mit dem du schon von vornherein auf einer

Wellenlänge gelegen hättest, dann wäre dieses ungeplante Treffen womöglich der Beginn einer echten Freundschaft gewesen.«

»Schon möglich, Lucie. Aber während ich das erzählt habe, ist mir nun noch was ganz anderes aufgefallen: Ich hatte mich mit diesem Knaben ja nicht unterhalten, weil ich ihm einen Gefallen tun wollte, sondern weil ich Zeit totschlagen musste – notfalls eben mit ihm. Doch mitzukriegen, was ich damit Positives bewirken konnte, hat auch mir was gegeben.«

»Entschuldige, wenn ich dich schon wieder unterbreche ...«

»Du brauchst dich doch nicht zu entschuldigen, Lucie. Ich will euch schließlich nicht mit meinen Monologen zutexten.«

Lucie lächelte mich an. »Mir ist halt eine alte Weisheit in den Sinn gekommen, die gut zu dem passt, was du gerade gesagt hast: Sobald wir anderen Menschen gute Gefühle verschaffen, kehren diese Gefühle immer zu uns selbst zurück – oder so ähnlich.«

»Wenn wir schon unsere gesammelten Lebensweisheiten zusammentragen wollen«, mischte sich Lea wieder ein, »dann kann ich auch noch was bieten: Wer es schafft, das Glück seiner Mitmenschen wichtiger zu nehmen als alles andere, der erhält im

Gegenzug eine tiefe Lebenszufriedenheit geschenkt – als Belohnung sozusagen.«

»Du meinst: Geben macht glücklich – also happinessmäßig jetzt. Und Glück macht wiederum zufrieden. Ist es das? Ist es tatsächlich so einfach?«

»Denke schon. Große Probleme müssen ja nicht zwangsläufig komplizierte Lösungen haben.«

Ich schaute Lea und Lucie abwechselnd an. Das war schon wieder so ein Moment, wo ich, ohne es zu merken, mein Kinn intensiv massieren musste.

»Vielleicht habt ihr recht, und es ist wirklich gar nicht so schwer, eine positive Rückkopplungsspirale loszutreten. So, wie es mir guttut, mit meinen Gedanken nicht in der Vergangenheit oder in der Zukunft hängenzubleiben, sondern mit ihnen die Gegenwart zu genießen, so kann dieselbe Achtsamkeit bei zwischenmenschlichen Wechselwirkungen ganz sicher auch gute und intensive Beziehungen ermöglichen. Auf diese Weise schafft man sich Zeiten, an die man gern zurückdenkt, Glücksmomente eben – und unterm Strich anhaltende Zufriedenheit mit seinem Leben.«

»Wow! Mensch Frank. Das ist doch grandios, oder? Und das alles nur wegen so einer Münze für den Parkautomaten.«

Lucie und ich schauten Lea für diesen Spruch einen Moment lang wortlos an, dann mussten wir gleichzeitig loslachen.

»Die Stimmung scheint bei euch ja richtig gut zu sein.« Liam war wie aus dem Nichts aufgetaucht und zwängte sich jetzt an mir vorbei. »Los Frank, genug getratscht. Komm' doch mit runter zum Feuer. Cesare bringt bereits seine Klampfe in Anschlag.«

Ich schnappte meinen immer noch halbvollen Salatteller und drehte mich schulterzuckend nochmals zu Lucie und Lea um: »Geht ihr mit?«

»Wir kommen nach. Es gibt noch ein paar andere, wichtige Punkte, die wir besprechen müssen.« Dann gingen sie wieder in ihren Teenager-Kichermodus über. Ich tippte schmunzelnd mit zwei Fingern an die Schläfe und folgte Liam.

13 Werte

Liam und ich saßen am Lagerfeuer und schauten Cesare beim Stimmen seiner Gitarre zu.

»Und, wirst du an deiner Situation im Job etwas ändern?«, nutzte Liam die Wartezeit bis Cesare startklar war, »oder ist alles soweit O.K. wie's ist?«

»Ja und nein. Ich denke, ich muss schon was ändern. Ewig halte ich diese Arbeitsbelastung auf keinen Fall durch – auch ich werde nicht jünger und belastbarer. Aber andererseits macht mir mein Beruf auch oft Spaß – weil ich was Sinnvolles bewirken und mich über meine Ergebnisse freuen kann.«

»Verstehe. Glaubst du, du könntest das unter einen Hut kriegen? Also den Stressanteil zugunsten des Spaßanteils reduzieren?«

»Vielleicht. Jedoch könnte mir dann unterstellt werden, ich wäre kein Leistungsträger mehr, würde mich nicht genug engagieren. Mitarbeiter, die unzählige Überstunden machen, stehen leider oft besser da als diejenigen, die mit weniger Zeitaufwand genauso wichtige Beiträge leisten, also zielorientiert und effizient vorgehen.«

»Und was für eine Konsequenz ziehst du daraus?«

»Das weiß ich noch nicht. Ich weiß nur, dass ich mich in Zukunft mehr mit Dingen beschäftigen will, die mein Leben wieder lebenswerter machen, ihm einen nachhaltigen Sinn geben.«

»Du meinst, anstatt nur von Ziel zu Ziel zu hecheln, willst du dich lieber mehr um deine Werte kümmern. Sowas in der Art?«

»Der Begriff ›Wert‹ gefällt mir, Liam. Ein Ziel zu erreichen ist zwar schön und gut und bestimmt auch wichtig – wenn es das richtige Ziel ist –, aber danach ist es abgehakt und hinterlässt bisweilen eine gewisse Leere. Doch einen Wert zu bedienen ist etwas Dauerhaftes. Ein Wert geht nicht weg, der bleibt mir und meinen Mitmenschen als Spiegel meiner Weltanschauungen immer erhalten.«

»Auch kein schlechtes Statement, Frank. Gefällt mir jetzt wiederum. Aber wie willst du hierbei konkret vorgehen? Ein bisschen gespannt bin ich nun schon.«

»Einen harten Schnitt machen kann und will ich auf keinen Fall. Ich muss mir ein Tätigkeitsfeld außerhalb der Firma suchen, eines, das ich parallel zu meinem Job aufbauen kann. Eines, das mir so richtig Spaß machen und mich ausfüllen würde. Ideen hätte ich da schon: Ich mag es beispielsweise, mit anderen Menschen zusammenzuarbeiten, sie zu beraten und zu unterstützen.«

Liam nickte mir mit einer Anerkennungsschnute zu: »Da kann man doch was draus machen – Berater und Coachs sind immer gefragt.«

»Das vermute ich auch. Aber ich muss mir das gut zurechtlegen. Das Eine tun, das Andere nicht lassen – jedenfalls noch nicht, verstehst du? Ich muss das so anlegen, dass ich jederzeit komplett umsteigen kann, wenn meine Firma meinen neuen Arbeitsstil nicht akzeptieren will.«

»Also gut, Frank. Aber du versprichst mir hier und jetzt, dass du dieses Projekt auch wirklich angehen wirst?«

»Definitiv! Mir ist es absolut ernst damit. Ich frage mich im Moment eher, weshalb ich das nicht schon längst getan habe. Mein bisheriges, passives Erdulden erscheint mir mit einem Mal unerklärlich.«

»Na, das hört sich doch super an!«

»Ja! Das tut es auch für mich. Ich werde aber nichts übers Knie brechen, sondern mir ein paar Wochen Zeit nehmen. Planen, Zwischenziele definieren, Maßnahmen recherchieren. Bent hat mir heute bereits ein paar Stichworte geliefert.«

Liam lachte: »Stimmt, darin ist Bent gut.«

»I Ieh Liam!«, ließ sich Cesares Stimme über die Feuerstelle hinweg vernehmen, »Ja was is jetzt?« Er klopfte auf den freien Platz neben sich.

Liam stützte sich auf meiner Schulter ab, erhob sich mit verdrehten Augen und wechselte mit einem »Ich muss dann wohl mal« auf die andere Seite zu Cesare.

Dort angekommen, griff er sich eine hinter dem Holzstamm liegende Bongotrommel und bald erfüllten südamerikanische Rhythmen die Nacht. Die Gitarrenriffs gingen sofort ins Blut und kaum jemand schaffte es, dabei stillzusitzen.

14 Plan B

Das spontane kleine Gitarrenfestival unter freiem Himmel war durch und durch nach meinem Geschmack, so dass ich es erst nach geraumer Zeit übers Herz brachte, mich mit meinem abgestellten Geschirr, und vor allem, mit meinem leeren Glas, hoch in Richtung Strandhaus aufzumachen.

Dort fand sich eine Bowlenschüssel mit was Alkoholfreiem drin: irgendwas mit Limetten, Minze und Eiswürfeln – genau das, was ich jetzt zur Abkühlung brauchte.

Ich war wohl nicht der Einzige, der diese Idee gerade hatte, denn Bent tauchte fast zeitgleich mit mir auf: »Alles gut, Frank?«

»Gut ist gar kein Ausdruck. Das ist der beste Tag, den ich seit langem hatte – und immer noch habe!«

Bent strahlte mich an: »Das höre ich gern. Aber sag' mal, du kennst doch den Spruch ›Schlimmer geht immer‹?«

Er wartete erst gar keinen Kommentar meinerseits ab: »Was die Meisten allerdings nicht wissen, ist: Besser geht auch fast immer.«

Dann lachte er wieder sein sonores Bent-Lachen, das mir schon so vertraut vorkam. Unwillkürlich musste ich schmunzeln – ich konnte gar nicht anders –, seine gute Laune war ansteckend.

»Wie ich gesehen habe, hattest du intensive Gespräche mit etlichen Leuten hier.«

»Ja, das stimmt. Und eine Menge neuer Impulse konnte ich dabei auch einsammeln.«

»Schön! Dann ist dir spätestens jetzt klar geworden, dass eine tiefe Lebenszufriedenheit fast durch nichts anderes erzielt werden kann als durch die Wechselwirkung mit Menschen – und dass Zuneigung keine Einbahnstraße ist.«

»Ja, so ähnlich. Heute ist mir einmal mehr vor Augen geführt worden, dass Karriere und Wohlstand jedenfalls nicht dafür geeignet sind, dauerhaft gute Gefühle zu erzeugen – die wirkliche Sehnsucht nach Glück können sie nicht stillen.«

»Ohhh, gut! Was ist somit die Vorgehensweise, die dir weiterhelfen würde?«

»Ich müsste künftig mehr Zeit für Beziehungen zu anderen Menschen einplanen, bestehende Freundschaften pflegen und mir mehr Mühe geben, neue aufzubauen. Das ginge in die richtige Richtung.«

»Und steht dem was im Wege?«

»Na die Zeit. Genau das ist der Knackpunkt. Soziales Engagement und Freundschaften brauchen Zeit – Zeit, die ich nicht übrig habe. Jedenfalls im Moment noch nicht.«

»Also?«

»Also werde ich mir einen Plan B überlegen, der mir die Freiheiten verschafft, die ich brauche, um mich um die wirklich wichtigen Werte zu kümmern. Aber das passiert nicht heute und auch nicht morgen. Für einen neuen Lebensplan werde ich bestimmt eine geraume Zeit benötigen.«

Auf unserem Weg nach draußen legte Bent die Hand auf meine Schulter und rüttelte an mir: »Dann mal viel Glück. Du wirst das schon packen, da bin ich mir sicher. Und es scheint mir in deinem Fall auch verdammt wichtig zu sein, sich so einen Plan B zurechtzulegen. Denn ich brauch' nicht viel Fantasie, um mir auszumalen, dass es sich bei dem existierenden Plan A um Hamsterrad und Stress mit vorgezeichnetem Burnout handelt.«

»Ja«, lachte ich bitter auf, »auf so was in der Art würde es wohl hinauslaufen. Und zu den negativen Begriffen, die du gerade genannt hast, könnte ich gleich noch ein paar mehr hinzufügen: Versagensangst, Unzufriedenheit, Lebensunlust ... so Zeug halt.«

»Mach' mir keine Angst, Frank. Vor allem der Begriff ›Lebensunlust‹ hört sich gar nicht gut an. Aber es stimmt leider: Wer zu sehr auf Karriere und den hierdurch angepeilten Wohlstand fixiert ist, hängt überdurchschnittlich von Gunst und Launen anderer ab. Dieses Gefühl der Unfreiheit schlägt leicht in Depressionen um – womöglich ohne dass man selbst diesen Zusammenhang überhaupt erkennen kann. Ausgeliefertsein ist ein furchtbarer Stress. Und dass man seiner Abhängigkeit nicht entgehen kann, verstärkt diese Empfindung noch – eine lebensbedrohliche Abwärtsspirale.«

Ich blieb stehen und schaute über den Strand auf das vergnügte Treiben der Menschen bei der Feuerstelle und sinnierte vor mich hin. Bent, der schon ein paar Schritte vor mir war, drehte sich zu mir um:

»Oh Mann, weshalb um alles in der Welt habe ich jetzt angefangen über Depressionen, Tod und Verderben zu reden – an einem Tag wie diesem?

Du musst schon entschuldigen! Eigentlich wollte ich doch nur bekräftigen, wie froh ich bin, dass du anstatt dem bedrückenden Plan A demnächst einem Plan B folgen wirst – das ist doch die Hauptsache. Und mehr braucht heute Abend nicht dazu gesagt zu werden.«

Mit diesem Abschlusswort wandte sich Bent wieder um, schlurfte weiter durch den Sand und mischte sich unter die Partygäste. Ich schaute ihm noch ein Weilchen hinterher, bevor ich mich selbst in Bewegung setzte. Ich konnte mir nicht helfen, ich hatte den alten Knaben schon richtig ins Herz geschlossen. Kaum vorstellbar, dass er vor ein paar Stunden noch ein Fremder war, von dem ich nicht wusste, ob er mir ganz geheuer sein sollte. Ich schüttelte den Kopf und lächelte.

15 Lucie

Noch immer stand mir ein Lächeln im Gesicht, als sich eine Gestalt vom Hintergrund löste und ausgelassen auf mich zu tänzelte. In der Dunkelheit, und mit dem Lagerfeuer im Rücken, erkannte ich sie nicht gleich. Erst als sie schon fast bei mir war und nach meinen Arm griff, um sich bei mir unterzuhaken, war klar, um wen es sich handelte: Lucie.

»Und Frank, verrätst du mir, was dich so amüsiert?«

»Alles, Lucie! Heute einfach alles.«

»Ist doch prima – es gibt Schlimmeres als gut drauf zu sein. Ich wollte gerade ans Meer runter. Kommst du mit?«

Noch während ich schulterzuckend nickte, ließ sie mich schon wieder los und schnappte sich ein Strandlaken, das im Sand vor der Feuerstelle lag. Bevor sie zum Strand hinunterstürmte, drehte sie sich nochmals zu mir um und deutete mit einer Kopfbewegung in Richtung Wasser. Ich hatte Mühe, ihr zu folgen – erst nahe am Meer unten kam ich wieder auf gleiche Höhe.

Wir blieben nebeneinander stehen. Kurz vor unseren Füßen kehrten die kleinen Ausläufer der Brandungswellen sprudelnd um.

Mit einem lauten Seufzer bemerkte ich: »Gut, dass der Strand hier zu Ende ist. Du hast mich grad ganz schön auf Trab gebracht.«

Und da war es wieder, ihr angenehm schönes Lachen.

Ich hörte mich meine Gedanken aussprechen: »Hat dir schon mal jemand gesagt, dass du ein angenehm schönes Lachen hast?«, ärgerte mich aber im selben Moment, dass mir das ohne groß zu überlegen rausgerutscht war. Und so schob ich sofort hinterher: »Oh! Entschuldige, das ist mir bloß so rausgerutscht.«

Gut, dass man bei Dunkelheit nicht sehen konnte, wenn man rot anlief.

»Ja hab' ich sie denn noch alle – das war ja noch blöder«, schoss es mir durch den heißgelaufenen Kopf.

Lucie musste jetzt erst recht lachen: »Du brauchst dich nicht zu entschuldigen, wenn du mir ein Kompliment machst. Du bist ja ein echt drolliger Typ, weißt du das?«

Sie breitete das Laken im Sand aus und wir legten uns nebeneinander auf den Rücken. Das funkelnde Sternenmeer über uns war überwältigend. Ich glaubte, noch nie so viele Sterne auf einmal gesehen zu haben.

»Was denkst du, Frank, wie viele sind das?«

»Keine Ahnung. Hast du sie schon mal gezählt?«

»Das nicht, aber wenn ich es tun wollte, wäre genau hier der richtige Ort dafür. Nirgendwo sonst kannst du so viele sehen. Auf der Insel hier gibt es keinerlei Lichtverschmutzung – wir haben weit und breit keine Stadt in der Nähe.«

»Aber morgen machst du dich in eine auf?«

»Jaaa, du hast es schon gehört? Ist das nicht großartig? Ich bin schon seit Tagen richtig aus dem Häuschen und freue mich wie ein kleines Kind auf diesen spannenden Job. Mailand ist eine so hinreißende Stadt. Versprich mir, dass du mir die Daumen drückst – und dich dabei ganz doll für mich freust. Machst du das?«

»Aber natürlich – großes Indianerehrenwort!«

»Dann hab' ich so langsam wohl genug Leute beisammen, die mich unterstützen. Da kann jetzt kaum noch was schiefgehen.«

»Aber sag' mal, Lucie, was ist mit der Insel?«

»Ich weiß, was du meinst. Die wird mir sehr fehlen – das Meer, die Natur, aber vor allem die Leute hier. Andererseits weiß ich, dass es das alles gibt, und immer wenn ich daran denke, wird mir das Herz aufgehen und ich werde mich nie einsam fühlen müssen – meine Inselfreunde sind immer bei mir. Das ist ein bisschen wie mit dem Glauben an eine Sache, die größer ist als wir selbst – es gibt Menschen, die beziehen ihre ganze Kraft und ihren Lebensmut aus sowas.«

»Was für eine bemerkenswerte Betrachtungsweise – so habe ich das noch nie gesehen.«

»Ob das jetzt ein guter Vergleich war, weiß ich nicht. Für mich fühlt es sich aber genau so an. Egal, jedenfalls könnte ich jederzeit zurück zu Menschen, die für mich da sind. Und bis auf weiteres genügt es mir, dies zu wissen. Gibt mir ein gutes Gefühl, wo immer ich auch bin.«

Trotz des fantastischen Szenarios konnte ich es nicht lassen, ein bisschen vor mich hinzugrübeln. Vielleicht sah Lucie das genau richtig: Wenn man Dinge, die man besaß – vor allem immaterielle Dinge –, nicht auch mal loslassen konnte, würde man leicht Vergangenem nachhängen und nie imstande sein, sich in der Gegenwart Neuem zu öffnen – um es dann in vollen Zügen zu genießen. Lucie hatte ihren Weg, mit diesem Thema umzugehen, jedenfalls gefunden.

Sie stupste mich mit dem Ellenbogen in die Rippen: »Schau mal, eine Sternschnuppe!«

Nach wenigen Sekunden war ihr Schweif wieder vom Himmel verschwunden.

»Und, hast du sie gut genutzt?«, wollte sie wissen.

»Denke schon, aber ich werde dir nicht verraten, was ich mir gewünscht habe.«

»Hoffentlich – sonst geht der Wunsch ja nicht in Erfüllung.«

Wir hingen beide unseren Gedanken nach. Ich dachte daran, dass hinter der Fülle von Himmelskörpern über mir noch weitaus mehr unsichtbare existierten. Es war unvorstellbar. Ich schloss die Augen – nicht weil ich mich schon sattgesehen hätte, sondern weil ich es genießen wollte, die Gewaltigkeit des Universums mit voller Wucht auf mich wirken zu lassen, sobald ich sie wieder öffnete.

Ich blickte nach oben. Doch was war das? Das Sternenmeer war verschwunden. Mein Erstaunen dauerte nicht länger als eine Sekunde – dann verstand ich.

»Lucie?!«

Etwas lockiges Leichtes streifte über meine Schlüsselbeine und rief einen angenehmen Schauer hervor.

»Schhhhh ...«, drang es mit einem warmen Lufthauch an mein Ohr. Das Geräusch vereinigte sich mit dem leisen Rauschen der Brandung.

Nachdem sich ihre Lippen wieder von meiner Wange gelöst hatten, spürte ich den sanften Druck ihrer Hände auf meinen Schultern. Der Druck erhöhte sich einen Moment lang, dann tauchte die glitzernde Sternenpracht über mir wieder auf und bildete den

Hintergrund für Lucies schemenhafte Silhouette – nur um wenige Sekunden später wieder in meinem verdeckten Gesichtsfeld zu verschwinden. Mir kam es so vor, als ob sich das Kommen und Gehen der Sterne mit dem rhythmischen An- und Abschwellen des Brandungsrauschens synchronisiert hätten. Alle paar Sekunden begann ein neuer Bewegungszyklus.

Alles verschmolz in einem einzigen Kulminationspunkt: die Zeit, meine Vergangenheit und Zukunft, diese Insel in den Weiten des Meeres, wir beide und das gesamte Universum.

16 Selbstzweifel

Ich öffnete die Augen und blinzelte ein paar Mal bis sie sich an das Tageslicht gewöhnt hatten. Hatte ich das nur geträumt? Alles?

Mein Kopf lag auf einem blau-weiß-gestreiften Strandlaken – die Farben waren mir gestern gar nicht aufgefallen.

»Lucie? ... Lucie!?«

Ich berappelte mich und stützte mich auf einen Ellenbogen. Eine Vliesdecke, von der ich nicht wusste, wo sie herkam, rutsche mir von den Schultern. Mit einem Rundblick erfasste ich alles: das Meer vor mir, die ausgebleichten Holzstämme an der Feuerstelle weit oben am Strand, dahinter das Strandhaus, die Sonne darüber – sie konnte noch nicht lange aufgegangen sein.

Das Meer draußen war spiegelglatt, erst kurz vor dem Strand bildeten sich klitzekleine Brandungswellen, deren lange Kämme von der noch tiefstehenden Sonne beleuchtet wurden: weiße Schaumstreifen vor dunkelblauem Hintergrund.

Ich warf die Decke mit einem Ruck von mir und stellte fest, dass ich schon alles anhatte, oder besser gesagt, nicht anhatte, um mich so wie ich war ins Meer zu stürzen. Da ich mir nicht die Zeit lassen wollte, allzu lange über die Wassertemperatur nachzudenken, rannte ich los. Als mir das Wasser bis über die Knie reichte und ich nur noch langsam vorankam, stürzte ich mich beherzt nach vorne. Ich begann mit aller Kraft zu schwimmen und zählte jeden Zug. Bei fünf angekommen, verlangsamte ich meine Bewegungen – das Meer fühlte sich jetzt nicht mehr kalt an. Zum Wachwerden musste das reichen. Ich kehrte zu meinem Schlafplatz zurück, band mir das Strandlaken um die Hüfte und stapfte mit meinen eingesammelten Klamotten und der Decke unterm Arm den Strand hoch.

Kurz vor der Terrasse bemerkte ich Bent, der doch tatsächlich schon wieder auf den Beinen war. Er schob einen kleinen Tisch beim Terrassengeländer zurecht.

»Moin Frank! Auf der anderen Seite hinterm Haus ist eine Außendusche. Aber ich brauch' dir wohl nicht zu sagen, dass Trinkwasser hier kostbar ist.«

»Hhmmmm? Ja, ja, claro. Mehr als ein, zwei Liter werde ich nicht brauchen, um das Salzwasser runterzuspülen«, brummelte ich und schlurfte weiter.

Wenig später ließ ich mich neben Bents hergerichtetem Tisch auf einen Stuhl fallen und musterte das Croissant, das auf einem Tellerchen lag – ich wusste noch nicht so recht ...

Bent ließ sich mir gegenüber nieder und platzierte eine der beiden Kaffee-Mugs, die er mitgebracht hatte, direkt vor meiner Nase: »Ich hatte dich zwar nicht gefragt, aber du sahst mir danach aus.«

»Danke Bent. Das hast du richtig eingeschätzt.«

Während ich den Cappuccino schlürfte, merkte ich, wie die Lebensgeister mit jedem Schluck mehr und mehr zurückkehrten.

Ich stellte den Mug ab und setzte zu einer Frage an, aber Bent kam mir zuvor: »Lucie ist schon sehr früh aufgebrochen. Sie konnte bei Tom mitfahren. Der ist meist schon vor Sonnenaufgang auf seinem Kutter anzutreffen – für ihn gilt auch ein Partyabend nicht als Ausrede – da ist der beinhart.«

In einem kleinen egoistischen Anflug hätte ich in Sachen Lucie gern etwas anderes gehört – und außerdem, wenigstens verabschieden hätte sie sich können.

»Lucie meinte, du hättest geschlafen wie ein Bär, da hätte sie es nicht übers Herz gebracht, dich zu wecken. Aber wenn du mich fragst, hatte sie einen anderen Grund, weshalb sie so schnell wie möglich loswollte.«

»Ach ja?«

»Aber sicher. Ich bin ja nicht blind. So sehr sie sich die letzten Tage auf die Abreise gefreut hatte, heute Morgen ist es ihr nicht leicht gefallen, aufzubrechen. Vermutlich wollte sie ihre Entschlossenheit nicht zu sehr auf die Probe stellen.«

»Meinst du?« Jetzt konnte ich sogar schon wieder etwas lächeln. »Na dann ist es wohl gut, dass sie schon los ist. Ich hätte es mir nie verziehen, sie ausgebremst zu haben – das wäre mehr als unfair gewesen.«

»Lucie wird uns allen fehlen. Sie ist ein netter Kerl. Aber immer, wenn ich an sie denke, stelle ich mir vor, wie sie voller Elan ihre neue Aufgabe anpackt, einen Riesenspaß dabei hat und sich glücklich fühlt. Dann geht's auch mir wieder gut und ich freue mich aufrichtig für sie.«

»So was Ähnliches hat sie gestern auch über euch hier auf der Insel gesagt. Sinngemäß ungefähr, dass auch wenn man allein ist, man nie einsam wäre – jedenfalls nicht, solange man irgendwo auf der Welt gute Freunde hat.«

»Und das Schöne ist, Frank, es gibt überall Menschen, die einem freundschaftlich verbunden sein möchten. Man muss sie sich nur erschließen. Wenn bloß jeder hundertste Mensch alles für eine Freundschaft mit dir mitbringen würde, dann gäbe es Millionen von Menschen auf der Welt, für die du wichtig wärst, die gern für dich da wären, wenn sie dich erstmal kennengelernt hätten. Das musst du dir mal vorstellen. Aber das ist bei deinen Veränderungsmaßnahmen, über die du dir in den nächsten Wochen Gedanken machen wolltest, bestimmt ein wesentlicher Aspekt.«

Hierauf konnte ich nur mit einem selbstironischen, unterdrückten Lachen reagieren: »Was dabei am Ende abfällt, da bin ich selbst gespannt. Erst mal alles sortieren, was mir durch den Kopf geht, dann sehen wir weiter.«

Bent lehnte sich zurück, nahm einen großen Schluck Kaffee und blickte aufs Meer hinaus. Der Mann wirkte so souverän und in sich ruhend. Davon fehlte mir noch eine ganze Menge – gerade eben beispielsweise fühlte ich mich einfach nur aufgewühlt.

»Bent?«

Er wandte sich mir zu. Seine vertrauenspendende Aura machte es mir leicht, weiterzusprechen.

»Mir schwirren so viele Gedanken durch den Kopf, so viele neue Ideen und Maßnahmen, die mein Leben verändern würden. Und bei alldem geht es um nichts Geringeres als um Glück, Lebensqualität und Zufriedenheit – und dann muss ich alles noch um einen Lebenssinn herum konstruieren, hinter dem ich voll und ganz stehen kann.«

Bent nickte und kniff die Augen zusammen, so dass sich links und rechts von ihnen kleine Fältchen bildeten: »Und jetzt hast du Angst, dass dich das alles überfordert. Dass du nicht die Energie aufbringst, notwendige Veränderungen anzugehen. Oder du dir gar nicht sicher sein wirst, was die richtigen Veränderungen überhaupt wären? Stimmt's?«

Ich schlug die Augen nieder und schwieg. Große Sprüche zu machen, ist das Eine, große Dinge anzugehen, das Andere.

»Das ist vollkommen normal, Frank. Da bist du keine Ausnahme. Wenn es nicht so wäre, hätte ich deine Bedenken doch nicht aus dem Stegreif zusammenfassen können. Das geht am Anfang jedem so. Ich selbst hatte vor langer Zeit ebenfalls mit meiner Unsicherheit zu kämpfen.«

»Aber dann doch den Mut aufgebracht, den es brauchte«, ergänzte ich.

»Mut würde ich das nicht nennen. Mut ist, wenn man sich traut, über einen Abgrund zu springen. Man muss, wenn man sein Leben neu ausrichten will, ja nicht gleich die Möglichkeit der eigenen Vernichtung in Kauf nehmen. Nein, das sollte keine Option sein – eine gute Portion Selbstvertrauen wird es auch tun.«

»Aber dazu braucht es eine starke Persönlichkeit – je selbstbewusster, desto besser.«

Bent wiegte den Kopf: »Stimmt! Aber nur ansatzweise. Nehmen wir mal Lucie. Sie ist ...«, Bent schaute mit schräggehaltenem Kopf nach oben in die Ferne, »... ja ein bisschen mutig ist sie schon.« Er griente. »Aber sie ist vor allem selbstbewusst. Eine Frau, die ihre

Freiheit genießt und sich was zutraut. Ja, so könnte man sie am besten beschreiben.«

»Und so hatte sie auch auf mich gewirkt. Aber das hierzu erforderliche Selbstbewusstsein muss man erst mal haben. Manchen Leuten ist das anscheinend in die Wiege gelegt. Doch was mich angeht, habe ich wohl eher zu wenig davon abgekriegt.«

»Bent schüttelte den Kopf: »Nein, mein lieber Frank. Mit dem Selbstbewusstsein verhält es sich nicht getreu dem Motto ›je mehr, desto besser‹. Was wäre denn, wenn du zu viel davon hättest? Dann wärst du in den Augen deiner Mitmenschen wahrscheinlich ein unerträglicher Egomane. So jemanden will keiner zum Freund haben. Solche Leute haben meist nur falsche Freunde.«

»Aber zu wenig Selbstbewusstsein kommt auch nicht gut«, gab ich zu bedenken.

»Da stimme ich dir bis zu einem gewissen Grad zu. Versagensängste und einen Sack voller Minderwertigkeitsgefühle mit sich rumzuschleppen, macht einem das Leben nie leicht.«

»Und um Freundschaften fürs Leben zu schließen, machen einen diese Defizite auch nicht attraktiver.«

»Vorsicht Frank. Es kommt immer noch drauf an, auf welche Sorte Mensch du wert legst.«

Bent stand auf, drehte seinen Stuhl in meine Richtung und setzte sich wieder: »Jetzt pass' mal auf. Da dich das Thema offenbar stärker beschäftigt, sollten wir das mit dem Selbstbewusstsein gleich hier und jetzt mal angehen – ist ja alles kein Hexenwerk.«

17 Selbstbewusstsein

»Wenn wir das Thema Selbstbewusstsein knacken wollen«, legte Bent los, »dann sag' mir doch mal, was dich davon abhält, ein solides Selbstbewusstsein an den Tag zu legen. Wann mangelt es dir daran? Woran merkst du, dass das so ist?«

»Na du bist gut. Das ist eben meine Natur. Da gibt's nichts zu merken. Ich mag es nun mal nicht, im Mittelpunkt zu stehen, mich vor anderen zu produzieren, mich womöglich selbst bloßzustellen, weil ich nicht intelligent genug, talentiert genug oder schlagfertig genug bin.«

»Also, dann lass' uns jetzt über dieses ominöse Selbstbewusstsein reden – und zwar über beide Formen davon.«

»Beide Formen? Was meinst du damit?«

»Stell' dir mal vor, du sollst vor Publikum auftreten, traust dich aber nicht so recht, weil du Angst hast, dich zu blamieren. Dann wünschst du dir doch, dass du von dem, was wir gemeinhin Selbstbewusstsein nennen, mehr hättest.«

»Ja sicher. Wie die Leute, die nur so vor Selbstbewusstsein strotzen – weil sie wissen, was sie auf dem Kasten haben.«

»Oder weil sie zumindest davon überzeugt sind, dass sie was auf dem Kasten haben.«

»Wie auch immer – denen scheint es so oder so egal zu sein, was andere über sie denken, die haben einen unerschütterlichen Glauben an sich selbst.«

»Ja siehst du, und das ist der Link zu der anderen Form des Selbstbewusstseins. Ich spreche von einem Selbstbewusstsein im wahrsten Sinne des Wortes: sich seiner selbst bewusst zu sein. Wissen, dass man ein wertvoller Mensch ist – wissen, welchen Wert man für andere hat.«

Ich überlegte, ob dieser Unterschied eine Rolle spielte. War es denn wichtig, was ich selbst über mich dachte? Einen Einfluss darauf, wie ich von anderen wahrgenommen wurde, hatte das doch wohl nicht.

Bevor ich mir so richtig darüber klar werden konnte, fuhr Bent bereits fort: »Wenn man erkennt, dass andere Vertrauen zu einem haben, dann wird man anfangen, sich ebenfalls selbst mehr zuzutrauen. Und dieses Selbstvertrauen führt unweigerlich zum Aufbau von immer mehr Selbstbewusstsein der zuerst genannten Form.«

»Wie ich vorhin sagte: Angst sich zu blamieren hat man nur, solange man nicht selbstbewusst genug ist.«

Bent lehnte sich zurück: »Und genau deshalb müssen wir uns auch um diese andere, zweite Form des

Selbstbewusstseins kümmern. Mich interessiert also, wie du es anstellen würdest, deinen Wert, über den du dir spätestens jetzt *selbst bewusst* werden solltest, anderen zu vermitteln. So wie ich das sehe, gibt es mindestens einen falschen und einen richtigen Weg.«

Ich schaute Bent abwartend an, aber der stand mit den Worten »Ich setz' uns mehr Kaffee an« auf und ließ mich mit meinen Gedanken allein. Am Durchgang rief er mir zurück: »Na komm schon, du kennst beide Wege. Fang' mal mit dem richtigen an.«

Ich schaute zum Horizont. Zwischen dem Wissen, wie was sein müsste, und dem Vermögen, sich selbst daran zu halten, lagen Welten. Vor allem für mich. Was soll's – bestimmt bekam ich ein paar Punkte zusammen: Ich stellte mir jemanden vor, der vor andere hintrat und nichts von seinem Selbstbewusstsein einbüßte, selbst wenn ihm was misslang. Denn wenn man pfiffig und schlagfertig genug war, war es kein Kunststück, selbstbewusst aufzutreten.

Spannend wurde es doch erst, wenn einem was daneben ging, und man sich am liebsten in ein Mauseloch verkrochen hätte. Meine Stoffsammlung, wie selbstbewusste Menschen mit Fehlern und Missgeschicken umgingen, nahm Gestalt an:

* Was ist schon dabei, ein paar Defizite zu haben? Ich mache keinen Hehl daraus, sondern stehe dazu.

* Fehler zuzugeben ist ein Zeichen der Stärke – ich bin doch kein Duckmäuser, der sich vor anderen verstecken muss. What you see is what you get!

* Die anderen sind auch nicht besser als ich, sondern stellen sich selbst oft ungeschickt an.

* Ich habe genug positive Eigenschaften und Fähigkeiten – davon könnten sich andere mal eine Scheibe abschneiden.

* Wer ein Problem damit hat, mich so zu akzeptieren wie ich bin, kann mir egal sein, der hat meine Freundschaft nicht verdient.

* Über Leute, die mir wichtig sind, mache ich mich schließlich auch nicht lustig, falls denen mal was daneben geht.

* Fazit: Akzeptiert mich so wie ich bin, oder sucht euch einen Anderen, der mit eurer intoleranten Art kein Problem hat.

Das Geräusch der auf dem Tisch abgestellten, dampfenden Kaffeetassen ließ mich den Blick vom Horizont lösen. Bevor meine Gedanken von soeben wieder verblassen würden, fasste ich die Punkte für Bent zusammen.

»Und? Würdest du einen Menschen, der deine Selbstbewusstseinskriterien erfüllt, zum Freund haben wollen?«, fragte Bent, nachdem ich mit meiner Aufzählung fertig war.

»Ich denke schon. Solange er nicht zu selbstgefällig und großkotzig rüberkommt, sondern trotz all seinem beneidenswerten Selbstbewusstsein immer noch authentisch bescheiden sein kann, würde ich ihn sogar unbedingt zum Freund haben wollen – solche Freunde wären für jeden eine Bereicherung.«

Bent lächelte mich an und nickte: »O.K. Frank. Doch jetzt – nur der Vollständigkeit halber – entwirf mal einen weniger selbstbewussten Typ und beschreib' mir dessen Verhaltensweisen.«

»Kein Problem.« Ohne lange nachzudenken legte ich los: »Wenn einem weniger selbstbewussten Menschen was schiefgeht, neigt er dazu, sich auch vor sich selbst weiter zu erniedrigen. Er versucht, sein Missgeschick zu verheimlichen, nach dem Motto: Hoffentlich hat keiner was mitgekriegt – wo alle anderen doch sowieso schon schlauer und geschickter sind als ich.

Wer glaubt, dass er nirgends gut genug ist, um andere für sich einzunehmen, will lieber keinen weiteren Fehler zugeben. Er denkt, dass seine Mitmenschen sich vollends von ihm distanzieren könnten – dabei hätte er etliche von ihnen doch so gern als Freunde.

Oder anders gesagt: Wer Fehler nicht zugibt, hofft, seine Schwächen verstecken zu können und in den Augen der anderen als starke Persönlichkeit durchzugehen. Er glaubt, hierdurch die ersehnte Anerkennung zu erhalten. Doch in der Praxis ist fast immer das Gegenteil der Fall.«

Ich hielt inne und stellte mir Situationen vor, in denen mir schüchterne und unsichere Menschen geradezu negativ aufgefallen waren.

»Vielleicht hackt ein Mensch ohne Selbstbewusstsein sogar regelmäßig auf den Fehlern anderer Leute rum, damit die selbst mal merken sollen, wie es sich anfühlt, unvollkommen zu sein. Die Idee dahinter ist wohl, zu versuchen, andere auf das eigene Niveau herunterzuziehen, auf dass es ihnen dann leichter fallen sollte, einen als ebenbürtig zu akzeptieren.«

»So wie das aus dir heraussprudelt«, unterbrach mich Bent, »könnte man meinen, du hast dich mit diesem Thema heute nicht zum ersten Mal beschäftigt.«

»Oh ja, das ist wohl wahr. Ich kenne beispielsweise genug Leute in meiner Firma, die sich mit so einem Verhalten regelmäßig selbst im Wege stehen. Und das nervt gewaltig. Erschwerend kommt hinzu, dass auch ich selbst nicht immer frei von solchen Verhaltensmustern bin. Um das Problem mit meinem nicht allzu großen Selbstbewusstsein vollkommen abzuschütteln, fehlt mir noch eine gute Portion Souveränität.«

»Tja Frank, du merkst selbst auf was das hinausläuft. Auch wenn jemand mit weniger ausgeprägtem Selbstbewusstsein, wie du es soeben ganz gut charakterisiert hast, nett und liebenswert ist, wird es seinen Mitmenschen oft schwerfallen, seinen Wert zu erkennen, sprich, den wertvollen Menschen hinter der Fassade zu sehen. Ist doch schade, oder?«

Ich nickte: »Vielleicht sollte ich meine Punkte zur richtigen Verhaltensweise in Sachen Selbstbewusstsein zu Papier bringen – und ab sofort regelmäßig selbst mal draufschauen.«

Bent grinste: »Hört sich schon mal nach einer verdammt guten Maßnahme an, Frank.«

18 Von Viren und Menschen

Bent setzte sich mit einem Ruck aufrecht hin und klatschte mit beiden Handflächen auf die Knie: »Lass' uns das Thema wechseln!«

Ich blickte ihn schmunzelnd über den Tassenrand hinweg an und wartete ab.

»Du hast dich gestern Abend längere Zeit mit Lea und Lucie unterhalten. Ich will jetzt nicht neugierig erscheinen, aber so wie ich vor allem Lea kenne ...«

An der Stelle unterbrach ich ihn: »Kein Thema, Bent. Das, worüber wir so angeregt geredet haben, ist absolut kein Geheimnis – ganz im Gegenteil. Ausgehend von einer kleinen Rätselfrage, die mich etwas irritiert hatte, sind wir bei einem spannenden Thema gelandet, oder besser gesagt, bei *dem* Thema schlechthin.«

»Wenn du das so sagst, Frank, dann werde ich nun doch etwas neugierig.«

Ich lachte tonlos: »Also gut. Ums kurz zu machen, es ging um den Sinn des Lebens. Die beiden haben mir hierzu eine ganze Menge Ideen und Anregungen verpasst.«

Bent sah mich mit großen Augen an: »Und jetzt? Hast du eine klare Vorstellung von dem wahren Sinn des Lebens? Ist es dir gelungen, erleuchtet zu werden?«

»Das wäre zu viel gesagt«, gab ich amüsiert zurück. »Es handelt sich eher um eine vage Vorstellung – auch wenn sich einiges herauskristallisieren ließ, das mir half, ein konkreteres Gespür für den Lebenssinn zu entwickeln. Aber ein schlüssiges, strukturiertes Bild habe ich immer noch nicht im Kopf. Es ist eben verdammt kompliziert, logische Betrachtungen mit seinen Gefühlen unter einen Hut zu kriegen. Irgendwie passt alles noch nicht richtig zusammen – da fehlt mir was.«

Bent sah mich eine Zeitlang nachdenklich an. Keiner von uns redete weiter, und abwartend erwiderte ich seinen Blick.

Dann endlich brach er sein Schweigen: »Ich weiß nicht, Frank, ob du schon so weit bist, die Wahrheit zu ertragen.«

»Was meinst du damit? Auf was auch immer du hinauswillst, die Wahrheit hat es doch wohl verdient, nicht versteckt zu werden.«

»Grundsätzlich schon, aber manchmal ist die Wahrheit schmerzlich, sie kann desillusionieren, frustrieren, einen schlimmstenfalls verzweifeln lassen.«

»Jetzt hast wiederum du mich erst recht neugierig gemacht. Wenn es etwas gibt, das den Sinn des Lebens betrifft und ich es noch nicht gehört habe, dann würde ich schon gern wissen, um was es sich handelt – danach kann ich immer noch selbst entscheiden, wie wichtig ich es nehmen will.«

Bent schaute mich weiterhin skeptisch an. »Vielleicht könntest du das wirklich – vielleicht aber auch nicht. Das ist das große Risiko. Wir kennen uns schließlich noch nicht allzu lang, und ich bin mir nicht hundertprozentig sicher, ob ...«

Und wieder sah er mich durchdringend an.

»Ob was?«

»Ob du den Sprung schaffst. Ausgehend von einer negativen Erkenntnis hin zu einer neuen, positiven Sicht der Dinge.«

Doch dann schien Bent einen Entschluss gefasst zu haben, denn er fuhr jetzt mit fester Stimme fort: »Also gut, riskieren wir's: Es geht um den Unterschied zwischen dem absoluten Lebenssinn und dem relativen.

Du siehst, wenn es um den Sinn des Lebens geht, kommen wir nicht ganz ohne die Relativitätstheorie aus. Aber damit wirst du dich ja bestens auskennen«, schob er salopp hinterher.

»Geht so – ›bestens‹ wäre zu viel gesagt. Die pragmatische Erklärung meines alten Physiklehrers hat mir jedenfalls immer besser gefallen als die streng naturwissenschaftliche.«

»Ach ja? Und die wäre?«

»Wenn ich im Zug sitze und mir überlege, ob ich stillstehe, vorwärts oder rückwärts fahre, macht es einen Unterschied, ob ich dabei den Bahnhof oder einen anderen Zug betrachte, der auf einem Parallelgleis schneller oder langsamer nebenherfährt. Es ist eben alles nur relativ.«

Bent kicherte: »Diese Erklärung gefällt auch mir am besten. Vor allem, weil sie ohne Sachverhalte auskommt, die man sich als Normalsterblicher sowieso nicht vorstellen kann. Aber ganz im Ernst, dein Physiklehrer traf es im Kern recht gut. Wie positiv und hilfreich ein Sinn des Lebens für einen persönlich ist, ist eine sehr relative Angelegenheit. Was ich damit meine, ist, dass wir Menschen uns mit dem Gedanken anfreunden sollten – auch wenn es schwer fällt –, dass es einen absoluten Lebenssinn gar nicht gibt, also einen universalen Lebenssinn, der für alle Menschen gleichermaßen gilt.«

Bent erhob sich. Ich hatte ihm so konzentriert zugehört, dass ich das Pfeifen des Teekessels in der Küche gar nicht gehört hatte. Nach dem vielen Kaffee sollte zum Abschluss noch eine Tasse grüner Tee dran sein.

»Bin gleich zurück. Denk' so lang mal drüber nach, was der Unterschied zwischen Viren und Menschen ist.

Und schau mich nicht so verdutzt an. Doch, es gibt einen!«

Obwohl ich zunächst glaubte, dass es sich um eine Scherzfrage handelte, schien Bent sie durchaus ernst zu meinen.

Wenigstens musste ich nicht lange nachdenken und hatte eine naheliegende Antwort parat, als er von drinnen zurückkehrte:

»Es ist schneller gesagt, was Mensch und Virus vereint, anstatt aufzuzählen, was sie trennt: Es ist die Fähigkeit, sich zu vermehren. Ansonsten gibt es so ziemlich nichts, was sie gemein hätten.«

»Die Aufgabe war anscheinend nicht zu schwer.« Bent stellte zwei Teetassen zwischen uns auf den Tisch. »Ein Virus hat zwar keinen Stoffwechsel und besteht hauptsächlich nur aus Erbinformationsschnipseln, aber für seine fortwährende Vermehrung reicht das immerhin. Soweit sind wir uns also einig. Auch wenn ein Virus somit gar kein Lebewesen ist, so stellt es doch ein gutes Modell für eine weitere, interessante Überlegung dar. Hier kommt also meine nächste Frage für dich – und die ist schon etwas schwieriger: Welchen Lebenssinn hat das Universum einem Virus mitgegeben? Lege das Wort Lebenssinn jetzt aber nicht auf die Goldwaage – der Begriff Daseinssinn wäre angemessener. Soll uns jetzt mal egal sein. Also, was meinst du?«

»Man soll eine Frage zwar nicht mit einer Gegenfrage beantworten, aber gibt es denn überhaupt einen? Macht es in irgendeiner Weise Sinn, dass es Viren gibt? Ich wüsste nicht, wofür die Existenz von Viren für die Evolution wichtig wäre – außer dass sie vielleicht eine Spezies, die nicht robust genug ist, um langfristig eine Rolle zu spielen, frühzeitig aus dem Verkehr ziehen können.«

»Ich sehe schon, Frank, auch dir fällt es schwer, zu glauben, dass es für ein Virus – von dem erwähnten, destruktiven Beitrag mal abgesehen – einen befriedigenden Lebenssinn geben kann. Eine Existenz als Selbstzweck ist ein bisschen wenig, um sich glücklich damit zu fühlen. Man könnte genauso gut gar nicht existieren, und kaum etwas würde sich ändern – dem Universum würde nichts fehlen. Gut, dass das Virus gar kein Lebewesen ist und auch keinen Verstand hat, sonst müsste es furchtbar traurig auf diese Erkenntnis reagieren.«

19 Zwei Sorten Lebenssinn

Ich blickte Bent nachdenklich an. Mir schwante so langsam, auf was er hinauswollte: »Was du mir wirklich sagen willst, ist, dass es auf unsere Existenz im Grunde nicht ankommt. Mit der gleichen Konsequenz wie für das Virus?«

»Na ja, wir sollten demütig anerkennen, dass es die meiste Zeit – und wir reden hier über einige Milliarden Jahre – ganz gut ohne uns gelaufen ist. Die Evolution hat unzählige Lebewesen hervorgebracht, und eines davon sind nun mal wir, jene Spezies, die im Laufe der Zeit etwas mehr Verstand entwickelt hat als alle anderen Lebensformen – und das nur, um auf die Erfordernisse einer komplexen Umwelt besser eingehen zu können. Wir werden zahlenmäßig immer mehr, also brauchen wir auch immer mehr Nahrung und Energie und ... aber was rede ich, das weißt du alles selbst.«

»Und du willst mir jetzt beibiegen, dass sich unser Verstand nur deshalb immer weiterentwickelt hat, damit wir uns unterm Strich besser vermehren können?«

Bent sah mich schweigend an.

»Und dass alles Andere, über das wir uns Gedanken machen, aus dem Blickwinkel der Evolution betrachtet, nur eine Fehlnutzung unseres Verstandes ist? Gedichte schreiben, Atombomben bauen, Kunstwerke schaffen. Alles Fehlnutzungen – mal schädlicher, mal unschädlicher Art?«

Bent deutete ein Nicken an, sagte aber immer noch nichts.

»In letzter Konsequenz hieße das ja, dass ... dass auch Fragen nach dem Sinn unseres Lebens eine Fehlnutzung unseres Verstandes wären – für das Universum vollkommen bedeutungslos. Denn wenn die ganze Spezies für das Universum bedeutungslos ist, dann sind es deren Fragen an das Universum erst recht.«

Ich drehte meinen Kopf Richtung Meer und mein Blick fand erst am Horizont Halt. Wie aus weiter Ferne hörte ich Bent sprechen:

»Das ist es, was ich mit dem absoluten Sinn des Lebens meinte, dem übergeordneten, für alle Menschen gültigen Lebenssinn – den, den das Universum für uns bereithält. Wir sollten begreifen, dass es ihn gar nicht gibt, gar nicht geben kann – wozu auch.«

Ich wandte mich Bent zu, und während ich das Gehörte zu verarbeiten versuchte, fuhr er fort: »Ich weiß, niemand kann das so einfach akzeptieren. Es ist furchtbar, erkennen zu müssen, dass wir aus der Ferne betrachtet mit einem Virus quasi auf derselben Stufe stehen. Nur zu gern glauben wir deshalb jede

Geschichte, die uns davon überzeugen will, dass dies nicht stimmt. Es gibt unzählige Institutionen, die uns ihre jeweils eigene Version erzählen – oft unter Anzweiflung der Richtigkeit anderer Varianten. Manche Erzählungen sind ähnlich, manche überschneiden sich, manche können nebeneinander existieren, manche schließen sich gegenseitig aus. Wir haben die freie Wahl, die – wenn wir ehrlich mit uns sind – vielleicht gar nicht so frei ist.

Egal, solange uns solche Geschichten die Hoffnung auf einen wahren Sinn unseres Lebens geben können, neigen wir dazu, sie nicht so lange zu hinterfragen, bis sie uns unhaltbar erscheinen.«

»O.K. Bent, was heißt das nun? Wenn ich akzeptiere, dass mein Leben sinnlos ist, dann könnte ich es genauso gut wegwerfen. Soll ich mich jetzt also hinlegen und die Luft anhalten? Ob es mich gibt oder nicht, scheint dem Universum schließlich egal zu sein.«

»Untersteh' dich! Damit hätten gewiss viele, die dich kennen, ein Problem – mich eingeschlossen.«

Während er das sagte, gab mir Bent einen Klaps auf den Oberarm und blickte mich aus seinen klaren Augen an:

»Jetzt, wo wir mit unseren Betrachtungen ganz unten angekommen sind, kann's nur noch aufwärts gehen. Diese Kurve müssen wir allerdings kriegen.

Also pass' mal auf. Wenn die Welt keinen Lebenssinn für dich bereithält, dann musst *du der Welt* einen Sinn geben.«

»Du hattest eingangs was über einen absoluten und einen relativen Lebenssinn gesagt. Ich nehme an, den absoluten Sinn des Lebens, oder besser, die absolute Sinnlosigkeit des Lebens, hätten wir jetzt verfrühstückt. Richtig?«

»Richtig. Die ist letzten Endes auch gar nicht so wichtig. Viel wichtiger ist der relative Sinn des Lebens. Bei dem können wir wenigstens die Zügel in der Hand behalten, und wir haben nahezu grenzenlose Möglichkeiten, ihn maßgeschneidert zu gestalten. Vielleicht erkennst du jetzt, wieviel positive Aspekte dieser relative Sinn des Lebens mit sich bringt.«

Bent schnappte sich benutztes Geschirr vom Tisch und schlurfte damit Richtung Küche. »Bin gleich zurück.«

Ich dachte nach: »Na klar, *ich* bin der relative Bezugspunkt für den Sinn des Lebens. Es gibt nur einen einzigen passenden Lebenssinn, der genau für mich Gültigkeit hat, der meine Rolle in der Welt definiert.

Somit könnte ich doch, vollkommen frei von äußerer Einflussnahme, den für mich, und zwar nur für mich, optimalen Lebenssinn selbst definieren. Aber würde das reichen? Kann ein selbstgemachter Sinn des Lebens wirklich erfüllend sein? Ist das nicht ein bisschen wenig?«

Bent hatte das Geschirr nur in der Spüle abgestellt und war bereits zurück, so dass ich ihm meine letzten Gedanken direkt mitteilen konnte.

»Komm' Frank, lass' uns ein paar Schritte gehen.«

20 Weltanschauungen

Wir schlenderten ein kurzes Stück über den Strand und folgten dann dem langsam ansteigenden Küstenweg. Die ganze Zeit über sprachen wir kein Wort, genossen den sonnigen Morgen und den Blick übers Meer.

Bent blieb stehen: »Es gibt doch bestimmt Werte, die dir wichtig sind? Wenn du sie dir vor Augen führst, wie äußern die sich – für andere, aber auch für dich selbst?«

Im ersten Moment war ich etwas perplex, da ich mit meinen Gedanken noch immer bei der Unterhaltung von vorhin war. Aber wie ich Bent mittlerweile kannte, war das soeben nur eine Überleitung, um bei unserer Frühstücksdiskussion anzuknüpfen.

»Natürlich gibt es Werte, die mir wichtig sind, die meine Weltanschauung und somit mein Denken und Handeln bestimmen – wobei Letzteres auch für Außenstehende sichtbar wird.«

»Und wenn du gemäß deiner Weltanschauung handelst, was heißt das konkret? Wie genau wird das sichtbar?«

»Na, ich suche mir Aufgaben und Ziele, die dazu passen, die meine Weltanschauung sozusagen bedienen.«

»Schön, du kümmerst dich darum, deine Ziele zu erreichen. Du gehst demzufolge Aktivitäten nach, die Sinn für dich machen.«

Jetzt konnte ich mir ein breites Grinsen nicht verkneifen: »Endlich hast du's geschafft, am Ende deiner Logikkette den Begriff ›Sinn‹ unterzubringen. Echt genial!«

Bent spielte den Eingeschnappten: »Tu mal nicht so, als wolle ich dich hier austricksen«.

Und in einem gleich wieder ernsteren Ton: »Also ich sehe das so: Dass du mit deinem Handeln selbstbestimmte Werte bedienst, ist das Sinnvollste, was du mit deinem Leben anstellen kannst. Und darum geht's doch – um nichts anderes.

Der Knackpunkt ist, dass du nach der Erkenntnis von vorhin, hinsichtlich des absoluten Lebenssinns, nicht warten musst, bis dir etwas auf dem Silbertablett serviert wird. Nein, du kannst dir deinen Sinn des Lebens ab sofort selbst definieren. Das ist nicht nur praktischer, es ist auch effektiver.

Wenn man die Volksweisheit ›Hilf dir selbst, dann hilft dir Gott‹ folgerichtig interpretiert, dann heißt das, dass du selbst zu einer Art Gott werden kannst – natürlich nur zu einem, dessen Wirkungsbereich ausschließlich auf dich selbst begrenzt ist. Ich sage das nur, um etwaigem Größenwahn vorzubeugen. Aber bevor du dich darüber lustig machst ... diese kleine, aber feine Einschränkung hat in der Geschichte der Menschheit nicht jeder kapiert.«

Ich sah Bent an – nur um festzustellen, dass er selbst ein Schmunzeln nicht unterdrücken konnte.

»Wenn das so ist wie du sagst, Bent, dann hätte ich es selbst in der Hand, mir meine Rolle in der Welt so zu definieren, dass sie meinem ganz persönlichen, relativen Sinn des Lebens entspricht. Klar, ich hätte mir die passende, zugehörige Weltanschauung zuvor ja auch selbst ausgesucht.«

Bent nickte: »Und jetzt stell' dir mal vor, du betrittst einen Raum, in dem sich eine große Anzahl von Leuten befindet. Darunter wichtige Leute, Amts- und Würdenträger, Menschen mit gesellschaftlich bedeutendem Status. Was geht dir in Sachen Lebenssinn durch den Kopf, wenn du über die Reihen blickst?«

»Möglicherweise würde ich denken, dass auch diese Menschen allesamt eine Antwort auf die Frage suchen, welche universale Rolle sie auf dieser Welt spielen sollten. Und vielleicht haben viele von ihnen die Antwort schon gefunden. Hierfür glauben sie an die unterschiedlichsten, manchmal auch leider völlig falschen Erzählungen, die unsere Gesellschaft bereithält – basierend auf all den Sitten, Bräuchen und Normen, die da mit dranhängen.«

Jetzt kam ich so richtig in Fahrt – die vielen koffeinhaltigen Getränke von vorhin schienen zu wirken: »Diese Erzählungen bilden folglich den Rahmen für ihre Weltanschauungen. Sie stellen somit die Legitimation für ihre Aktivitäten dar, die dadurch erst einen Sinn erhalten. Je besser es ihnen gelingt, sich darauf einzulassen, desto mehr werden sie davon überzeugt sein, den Sinn des Lebens für sich gefunden zu haben.«

»Was ja nicht falsch ist«, führte Bent meinen Gedanken weiter, »besser als ewig zu suchen und nie eine Antwort zu finden. Denn das würde einen mega runterziehen.

Noch besser wäre es allerdings, den Weg, an dessen Anfang du gerade stehst, zu beschreiten und sich die Erzählungen selbst auszusuchen – aus all den neu erdachten, den bereits vorhandenen, den guten, den schlechten, den für andere schädlichen oder unschädlichen Erzählungen. Du musst nur die richtige Wahl treffen. Sogar von dir entlarvte Fake Storys, sprich, nachweislich falsche Erzählungen, könnten in Frage kommen – wenn du Spaß an ihnen hast und sie niemandem wehtun – wieso nicht?«

»Somit wären wir also bei der Geschichte vom Osterhasen angekommen?«

»Gutes Beispiel«, kommentierte Bent meinen Einwurf lachend.

»Da du nunmehr die Kurve zu einem positiven Umgang mit dem Sinn des Lebens gekriegt hast, kann ich endlich beruhigt zum Abwasch zurückkehren und dich mit deinen Gedanken allein lassen.«

Bent wandte sich um und trottete los. Nach wenigen Schritten und ohne sich nochmal umzudrehen, hob er den linken Arm und schraubte mit der Hand eine imaginäre Glühbirne ein: »Schätze, du findest den Weg.«

»Du meinst zurück zum kleinen Gästehaus?«

»*Deinen* Weg, Frank!«

Ich sah ihm ein Weilchen nach und lächelte. Was für ein Typ, dieser Bent! Dann schlenderte ich weiter und blieb erst kurz vor dem alten Leuchtturm wieder stehen, um aufs Meer hinauszublicken. Ich sog die frische Luft tief in meine Lungen. Es war ein gutes Gefühl, ab sofort Herr der eigenen Welt sein zu können. Nicht mehr darauf warten zu müssen, dass sinngebende Anweisungen von irgendwoher da draußen kamen. Ging ein Mehr an Souveränität überhaupt? Welchen Grund hätte es künftig geben können, sich meinen Mitmenschen gegenüber unterlegen zu fühlen? Meinem oft etwas angeknacksten Selbstbewusstsein sollte das einen regelrechten Boost geben.

Was den Sinn des Lebens anging, mochte von außen betrachtet das Resultat bei mir und den anderen zwar gleich ausgesehen haben, aber es gab einen riesigen Unterschied, den Bent vorhin angedeutet hatte: Viele Menschen waren nicht willens, den Wahrheitsgehalt der Erzählungen, die sie sich ausgesucht hatten, ernsthaft zu überprüfen – Hauptsache, sie wurden mit einem Lebenssinn beglückt.

Sie fürchteten, sich leer zu fühlen und mit dem Sinn ihres Lebens hadern zu müssen, wenn sie es nicht schafften, sich eine politische Überzeugung, eine Religion oder eine sonstige, von unserer Gesellschaft angebotene Weltanschauung zu eigen zu machen. Notfalls akzeptierten sie also auch unwahre Erzählungen. Diese konnten sie dann in eine Lebensaufgabe münden lassen. Ein üblicher Selbstbetrug, der durchaus glücklich machen konnte.

Meine Schritte verlangsamten sich – ich hörte meiner inneren Stimme zu, wie sie die Schlussfolgerung ausformulierte:

»Solange das weitgehend kritiklose Annehmen jeglicher Erzählungen niemandem schadet, sondern im Gegenteil, anderen mitunter sogar nützt, ist dagegen überhaupt nichts einzuwenden. Leider ist dies nicht immer der Fall – hauptsächlich dann nicht, wenn es

Menschen reicht, dass eine Überzeugung ausschließlich ihnen selbst nützt.

Bewusst übernommene oder selbst erdachte, falsche, aber unschädliche Erzählungen gut zu finden, hat dagegen nichts mit dieser Form des Selbstbetrugs zu tun, sondern nur mit der Steigerung der eigenen Lebensqualität. Und das ist ein gewaltiger Unterschied zum unbewussten oder schlicht negierten Selbstbetrug, bei dem jegliche Souveränität auf der Strecke bleibt und der oftmals negative Nebenwirkungen für andere hat.

Die Weihnachtszeit kann also von einem strenggläubigen Christen und von einem Atheisten gleichermaßen besinnlich, festlich, stimmungsvoll und schön empfunden werden. Das Leben würde für beide lebenswerter.«

Ich blieb stehen. Wenn ich das Bent so eröffnen würde, konnte ich mir regelrecht ausmalen, was er dazu sagen würde, und schon fast seine Stimme dabei hören:

»Wichtig für uns Menschen ist doch nur, dass es irgendeine göttliche Instanz gibt, die schon immer da war – seit Anbeginn des Universums – und immer für uns da sein wird. Eine Instanz, die uns begleitet, unser Schicksal verfolgt, die uns das Gefühl gibt, nie allein zu sein.

Dennoch sollten wir akzeptieren, dass auch wir selbst einen aktiven Beitrag für unser Schicksal leisten müssen und wir uns nicht nur bedienen lassen können.

Wie man sich diese, über allem stehende, göttliche Instanz vorstellt, bleibt jedem selbst überlassen. Doch da es sich um etwas Immaterielles handelt, etwas, das nichts mit den uns bekannten Spezies zu tun hat, ist es da nicht naheliegend, dass wir einen kleinen Kunstgriff anwenden? Denn nicht nur für Kinder, sondern auch für uns Erwachsene, ist es einfacher, uns anstatt eines immateriellen Etwas, das wir in uns tragen, einen gütigen, weisen, alten Mann vorzustellen, der das alles verkörpert und den wir in Geschichten lebendig werden lassen können. Denkst du nicht?«

Ja genau, ich war mir sicher, so oder so ähnlich hätte Bent das gesagt – so sicher, dass ich zustimmend nickte, als seine Worte verklungen waren und ich weiterging.

Was meine selbstgewählten Werte anging, würde es bestimmt Wochen dauern bis ich mir über sie im Klaren sein würde. Aber wenigstens einen Anfang wollte ich gleich hier und jetzt machen. Da niemand in der Nähe war, zwang ich mich, laut auszusprechen, was mir spontan durch den Kopf ging. Das würde meinem Entschluss mehr Nachdruck verleihen:

»Die Zuneigung zu einem Partner ist einer der wichtigsten Werte, für die es sich lohnt, sich täglich aufs

Neue anzustrengen. Aktuell gibt es konkrete Etappenziele, die ich mir vornehmen kann. Mailand ist nicht gerade eine kleine Stadt, aber die Anzahl großer Verlage sollte überschaubar sein. Sicher ist, ich will Lucie wiedersehen, um unsere Sympathie füreinander gemeinsam mit ihr zu genießen. Ob und wie unsere Beziehung funktionieren kann, wird sich zeigen – das kann ich ohnehin nicht allein festlegen.«

Wie ich mich selbst so reden hörte, fand ich, dass dies ein guter Anfang war. Schon die Gedanken an die Aktivitäten, die ich hierfür angehen musste, motivierten mich ungemein. Dieser erste Wert, zu dem ich mich soeben bekannt hatte, musste ein wichtiger Bestandteil dessen sein, was Bent als relativen Sinn des Lebens bezeichnete. Eine gute Partnerschaft würde mich glücklich machen – mich, und nicht den ganzen Rest der Menschheit, oder das Universum, oder irgendein Überwesen.

So gesehen spielten meine Arbeit, meine üblichen Freizeitaktivitäten, meine finanzielle Situation oder wo ich wohnte eine weitaus geringere Rolle – obwohl ich bislang die meiste Zeit und Energie auf genau diese Dinge verwendet hatte. Nach dem gestrigen Tag und den Erkenntnissen heute Morgen war ich mir sicher, dass es sich lohnte, dies zu ändern.

Ich konnte mir vorstellen, dass sich fast nichts so sehr für meine künftige Lebenszufriedenheit auszahlen würde, als sich für jemand anderen Zeit zu nehmen und diese Zeit intensiv zu erleben. Für so eine Quality Time wollte ich mich ab sofort regelmäßig ins Zeug legen.

Nach all diesen Überlegungen machte sich eine Art kreative Erschöpfung in mir breit – die vielen neuen Gedanken brachten meinen Kopf schier zum Überlaufen. Aber mir war bewusst geworden, dass sich um Begriffe wie Freundschaft, soziales Engagement, Genießen von Freiheit und Spaß an der richtigen Arbeit Werte rankten, die beim Namen genannt und mit Aktivitäten versehen werden wollten.

Ich blieb nochmals kurz stehen, schloss die Augen und holte tief Luft. Ein Lächeln huschte mir übers Gesicht als ich weiterschlenderte.

21 Rückkehr

Am kleinen Gästehaus im südlichen Teil der Insel angekommen, genoss ich die Kühle der Steinmauern am großen, beschatteten Brunnenbecken, in das unaufhörlich frisches Quellwasser einlief. Nachdem ich drinnen alle Fenster geöffnet hatte, tanzten die leichten, bunten Vorhänge in der lauen Brise, die durchs Häuschen zog.

Auf dem kleinen Tisch lag immer noch Bents Zettel mit seiner Nachricht von gestern. Ich setzte mich hin und versuchte, aus dem Wust an Erkenntnissen, die in meinem Kopf umherschwirrten, ein paar wenige Kernaussagen herauszudestillieren und in eine sinnvolle Reihenfolge zu bringen. Dann drehte ich das Blatt auf die leere Seite, grapschte mir den Bleistift und fing an zu schreiben. Obwohl ich mich um eine kleine Schrift bemühte, war die Seite schon bald voll. Um mir sicher zu sein, dass ich nichts vergessen hatte, las ich mir alles nochmal selbst laut vor:

»Was den absoluten Sinn des Lebens angeht, weiß ich jetzt, dass das Universum diesbezüglich nichts bereithält.

Bewege ich mich jedoch von einer Distanzbetrachtung meiner Welt in Richtung einer Nahbetrachtung, verwandelt sich dieser fehlende, absolute Sinn des Lebens zunehmend in einen relativen Sinn des Lebens – mit mir als Bezugspunkt.

Rücke ich nur nahe genug an mich heran, werde ich selbst zur einzigen, universalen Institution, die imstande ist, alle für mich relevanten Erzählungen festzulegen.

Die Erzählungen, welche diese Welt anbietet, definieren sich durch gesellschaftliche Normen und Überzeugungen.

Erzählungen, die ich akzeptiere, spiegeln meine Werte und somit meine Weltanschauungen wider.

Um meinem Leben einen Sinn zu geben, muss ich meine Werte permanent durch immer neue Aktivitäten bedienen.

Ebendiese Aktivitäten werden durch Ziele und zugehörige Zwischenziele unterstützt.

Meine Ziele muss ich stets so anlegen, dass ich eine realistische Chance habe, sie zu erreichen – auf dass ich mich über Erfolge freuen kann.«

Ich legte das Blatt zurück auf den Tisch – für den Moment hatte ich alles getan, um meine Gedanken zu ordnen. Ein solchermaßen aufgeräumter Geist hatte etwas Befreiendes.

Eine unbändige Lust überkam mich, mit dem Boot aufs Meer hinauszufahren und die Freiheit und die Weite um mich herum zu spüren. Ich zog die längst wieder trockenen Badeshorts und mein T-Shirt an und machte mich auf den Weg Richtung Strand. Heute kam mir die Strecke kürzer vor, wofür zu einem großen Teil die Sandalen verantwortlich waren – mit ihnen lief es sich wesentlich besser über den strobeligen Boden als ohne Schuhwerk. Das Boot fand ich vor, wie ich es hinterlassen hatte. Nachdem ich es startklar gemacht hatte, schob ich es barfüßig ins Wasser. Das Ablegen gelang dank des ablandigen Windes und der ruhigen See problemlos. Es war herrlich zu sehen, wie der Bug durch das türkisfarbene Wasser pflügte, welches sprudelnd hochstob, während das Sonnenlicht sich in den fliegenden Wasserperlen verfing.

Ich blickte hinüber zum Leuchtturm, neben dem ich vor Kurzem noch gestanden hatte, und erkannte dort jetzt drei Figuren – zwei davon standen eng beieinander und waren unschwer als Lea und Liam zu erkennen. Beide winkten zu mir herüber. Ein Stückchen von ihnen entfernt reckte jemand seine Arme hoch und überkreuzte sie langsam mehrmals hintereinander. Das war zweifelsohne Bent. Ich wedelte überschwänglich zurück.

Die Insel zeigte sich in ihrer vollen Länge und in ihrer ganzen Pracht. Ich atmete die Luft über dem Meer tief ein und aus – und wieder stand mir ein Lächeln im Gesicht, als ich meinen Blick über tausende kleine, glitzernde Wellen schweifen ließ. Bevor ich mich in das letzte bisschen Schatten unter dem Segel auf den

Bootsboden legte, bändselte ich die Steuerpinne mittschiffs fest und checkte nochmals die Peilung zur Insel. Sie lag mittlerweile in einem schemenhaften Dunst. Über ihr standen unzählige kleine, weiße Schäfchenwolken in dem ansonsten wolkenlosen Himmel.

Ich lag auf dem Rücken und blickte über das blendend weiße Segel in ein makelloses Blau nach oben. Ohne Sonnenbrille musste ich die Augen zusammenkneifen. Ich fühlte mich wohlig schwer, derweil ich mit einer angenehmen Erinnerung daran dachte, wie kurz vergangene Nacht doch für mich war – so gesehen war ich heute viel zu früh aufgestanden. Ich beobachtete die Mastspitze, wie sie sanft pendelte und unsichtbare Achten in den Himmel malte. Als mir die schweren Lider zufallen wollten, ließ ich es einfach geschehen.

Nachdem ich die Augen wieder aufschlug, glühten mir die Backen. Es brauchte ein bis zwei Sekunden bevor ich realisierte, dass ich mich auf der ruhig dahinfahrenden Jolle befand. Die Sonne stand senkrecht über mir – es musste Mittag sein – und der wohltuende Schatten war weg. Höchstens eine Stunde hatte gereicht, um die Insel hinterm Horizont verschwinden zu lassen. Der Dunst über dem Wasser war verflogen und es gab überall nur wolkenlosen Himmel.

»Moment mal, vor dem Bug liegt Land«, murmelte ich vor mich hin.

Doch das war nicht Bents Insel – das Boot hatte die ganze Zeit Kurs gehalten.

»Das ist das Festland!«

Ich richtete mich auf, beschattete meine Augen und spähte angestrengt nach vorne. Es dauerte gut eine halbe Stunde, bis ich weitere Details erkennen konnte. Eine größere Strandlinie mit etwas Grün dahinter und links und rechts davon hohe, schwarzgraue Felsformationen.

»Das gibt's doch nicht!«, entfuhr es mir. »Das sieht genau so aus wie ... ich glaub's nicht ... das muss mein Strandabschnitt sein. Dort, die flatternden Fahnen gehören zum Bootsverleih!«

Mir kam es wie eine Ewigkeit vor, bis ich endlich in der Nähe des Strands war. Ein Motorboot des Verleihs hielt auf mich zu. Ich hob den Arm und der junge Kerl am Steuer zeigte mir seinen nach oben gerichteten Daumen, fuhr dann aber zu einer Gruppe Segelschüler schräg hinter mir weiter. Am Strand half mir die Segellehrerin, von der ich das Boot übernommen hatte, beim Anlegen. Als ich ansetzte: »Ich weiß, ich war nicht rechtzeitig zurück, aber ...«, war sie schon zu einem anderen Boot unterwegs. Über die Schulter rief sie zurück: »Alles gut! Du hättest doch noch ne halbe Stunde gehabt.«

Dann blieb sie stehen und wandte sich nochmals um: »Wenn du für morgen wieder eine Jolle haben willst, solltest du mir das noch heute Abend sagen. Du siehst ja, wie's hier am Wochenende abgeht.«

Leicht irritiert trottete ich zu meinem Badelaken den Strand hoch und sammelte die paar Sachen ein, die ich mitgebracht hatte. Sogar der Fünf-Euroschein, den ich fürs Strandcafé in meinem Buch versteckt hatte, war noch da. Auf dem Rückweg zur Unterkunft, die am Ende einer kurzen Fußgängerzone lag, kam ich an einem Schreibwarenladen vorbei, der einen Zeitschriftenständer draußen stehen hatte. Alle lokalen Tageszeitungen waren vom Samstag – also von gestern. Sonntagsausgaben hatten sie nicht.

Auf meinem Zimmer sah alles so aus, wie ich es hinterlassen hatte. Die Tasche mit den Klamotten stand unausgepackt neben dem Bett. Mein Smartphone auf dem Nachttisch schien ebenfalls nicht mitgekriegt zu haben, dass es bereits Sonntag sein musste.

Im Badezimmer tastete ich vor dem Spiegel meine Stirn ab. Da war er: ein langer, druckempfindlicher, roter Streifen direkt am Haaransatz. Ich legte mich aufs Bett – nur um zehn Sekunden später wieder aufzuspringen und runter in die Bar vor dem Hotel zu gehen. Dort bestellte ich mir einen Cappuccino.

»Jetzt mal ganz langsam«, sagte ich mir und fing an, im Stillen zu rekapitulieren: »Du hast am Donnerstag lange in der Firma gearbeitet und bist am Freitag noch vor Sonnenaufgang losgefahren. Am selben Tag bist du hier unten im Hotel spät abends angekommen und dann gleich am nächsten Morgen, dem Samstagmorgen, an den Strand gegangen. Wieso, verdammt noch mal, ist jetzt trotz der Zeit, die ich auf der Insel verbracht habe, immer noch Samstag!?«

Ich nahm einen großen Schluck Cappuccino – »Boah, ist der heiß!« – und stellte die Tasse so schwungvoll auf den Unterteller zurück, dass ein bemerkenswerter Teil des Inhalts auf dem Tisch landete.

Im regen Treiben um mich herum schien niemand Notiz von meinem besemmelten Verhalten zu nehmen. Ich zahlte am Tresen, ging wieder hoch auf mein Zimmer und griff mir das Smartphone. Stück für Stück scrollte ich auf Google Maps in größter Auflösung vor der Küste hin und her. Nichts. Da war rein gar nichts außer Meer. Die ersten kleineren Inseln, die weit, weit entfernt auftauchten, waren allseits bekannt und gut beschrieben. Sie hatten nicht das Geringste mit der Insel zu tun, von der ich vorhin zurückgekehrt bin.

»Spinn' ich denn vollkommen?!« Ich trat auf den kleinen Balkon meines Zimmers hinaus und stierte über die Ziegeldächer der weiß und ockerfarben getünchten Häuser aufs Meer.

»Frank, der notorisch überarbeitete und genervte Typ, kriegt eins vor die Blesse, und was passiert? Er wird des Wahnsinns fette Beute«, hörte ich mich mit bitterironischer Stimme sagen. »Jetzt reiß' dich endlich zusammen, Mann!«

Eine Mischung aus Motorrollerabgasen und Straßenstaub stieg mir in die Nase. Ich griff in meine Tasche, aber anstatt eines Papiertaschentuchs bekam ich einen harten, abgerundeten Gegenstand zu fassen. Im Licht der Abendsonne betrachtete ich ungläubig das Bernsteinkleinod, welches ich bei den drei Pinien oben am Inselstrand aufgehoben hatte. Nach einer weiteren Minute, in der ich den Stein zwischen meinen Fingern drehte, konnte ich schon wieder lächeln:

»Für etwas, das es gar nicht gibt, hast du mir verdammt viel mitgegeben.«

Epilog

Mein Besuch auf der Insel liegt jetzt ein Jahr zurück. Mittlerweile bin ich sogar mit ein paar Freunden, die allesamt besser segeln können als ich, in einem etwas größeren Kajütboot über eine Woche lang in den Gewässern gekreuzt, in denen ich Bents Insel vermutete. Was soll ich sagen? Irgendwann verschwand die Festlandküste hinter uns, aber vor uns kam kein Land in Sicht. Nur Wasser in jeder Himmelsrichtung. Es gab keine Dunstfelder, welche die Sicht behindert hätten, und im weiten Blau des Himmels keine Ansammlung von Schäfchenwolken, die Land darunter signalisiert hätten. Ich krieg' das alles nicht zusammen.

Ach ja, noch letztes Jahr habe ich auf tagelanger Suche nach Lucie halb Mailand umgedreht. Dabei habe ich Tina kennengelernt, eine Journalistin und befreundete Kollegin von ihr. Sie hat mir viel über Lucie erzählt und darüber, was sie alles gemeinsam unternommen hatten. Tina berichtete, dass Lucie außerhalb der Stadt bei einer bunt gemischten Clique auf einem Aussiedlerhof gewohnt hatte.

Obwohl es ihr beim Verlag gefiel, und jeder mitbekommen hatte, was für einen super Job sie machte, hatte sie sich erst 14 Tage vor meinem Auftauchen spontan entschlossen, mit ein paar Leuten in einem alten Bus auf große Tour zu gehen.

Als mir Tina dies erzählte, konnte ich nur schmunzeln – wenn auch mit gemischten Gefühlen. Typisch Lucie, das passte zu ihr.

Abends stießen wir mit einem Chianti auf sie an und ich brachte einen Toast aus: »Hoffentlich kann Lucie sich ihre Art, das Leben zu genießen, immer erhalten. Möge es ihr gut gehen, wo auch immer sie gerade ist!«

Ich hatte Tina zum Dank, dass sie sich sogar einen Tag Urlaub für mich genommen hat, zum Essen eingeladen. Tagsüber hatten wir mit Lucies früheren Mitbewohnern gesprochen, die uns erzählten, dass besagte Bustour als ein- bis zweijähriges Projekt geplant war.

Den Rest jenes Tages über zeigte mir Tina ihre Stadt. Sie erwies sich als prima Tour-Guide und echter Kumpeltyp. Jener Tag war auch ein Tag des Neubeginns für mich.

Denn zwischenzeitlich ist Tina es, die meinem Leben ordentlich Farbe verpasst – mit einem Schuss prickelnder Unvorhersehbarkeit. Wer sagt denn, dass eine Beziehung langweilig sein muss?

Und überhaupt, selbst in meinem entfernteren Bekanntenkreis konnte ich mittlerweile unglaublich viele interessante Menschen entdecken. Ich musste mir nur ein klein wenig Mühe geben und mir Zeit für sie nehmen.

Genau genommen ist die Welt voller Menschen, mit denen man über gemeinsame oder neue Interessen diskutieren kann. Mit denen man kleinere oder größere Unternehmungen planen und umsetzen kann. Alles was es dafür braucht, ist Zeit.

Die frühere, bequeme Ausrede, dass ich diese Zeit nicht habe, akzeptiere ich nicht mehr. Denn wenn ich aufrichtig mit mir bin, muss ich zugeben, dass ich früher furchtbar viel Zeit mit Dingen verschwendet habe, die meiner Lebenszufriedenheit nicht zuträglich waren. Im Gegenteil, oft ließen sie mich sogar genervt, frustriert und angespannt zurück.

Und was ist mit Menschen wie Bent? Es stimmt schon, wertvolle Freundschaften findet man nicht an jeder Ecke – aber es gibt sie. Und wer einen erweiterten Bekannten- und Freundeskreis hat, entdeckt höchstwahrscheinlich Menschen darunter, die zuhören können, die eigene Erfahrungen teilen und einem weiterhelfen können. Mir jedenfalls ging das so. Wenn man bereit ist, auch selbst zuzuhören und andere Meinungen zu reflektieren, dann wird man feststellen, dass man immer dazulernen und sich weiterentwickeln kann.

Dann war da noch die Sache mit meinem Beruf. Hier habe ich mich deutlich gelockert. Und das Verblüffende ist, dass nachdem ich mein Verlangen nach immer mehr Ansehen und meine oftmals selbstzerstörerische Verbissenheit runtergefahren hatte, überhaupt nichts Negatives passiert ist. Ich habe sogar den Eindruck, dass meine Kollegen mich besser akzeptieren und mir mehr Respekt entgegenbringen, wenn ich nicht gleich bei jeder Gelegenheit in den Kampfmodus umschalte. Diese Haltung macht es mir darüber hinaus leichter, bei Ungerechtigkeiten von oben souverän zu reagieren.

Außerdem habe ich mir außerhalb des Jobs weitere Betätigungsfelder erschlossen. Ich arbeite in der Fort- und Weiterbildung – zurzeit ist es ein Hobby, aber schon bald könnte es mehr werden. Vor allem die Arbeit mit Jugendlichen macht mir Spaß. Es ist motivierend, dazu beizutragen, junge Menschen auf die Schiene zu setzen. Vermutlich wird aus meinem Engagement eines Tages mehr als nur ein zweites Standbein werden.

Die kurze Zeit auf der Insel hat also dazu geführt, dass ich mein bisheriges Leben total umgekrempelt habe.

Aber so schön es dort auch war, so wichtig war es auch, dass ich mir meine reale Alltagswelt besser eingerichtet habe.

Ich mag noch nicht am Ziel angekommen sein, aber dank meiner zunehmend aufgeräumten Verfassung bin ich auf einem guten Weg, meine Lebenszufriedenheit permanent weiter zu steigern.

Froh bin ich darüber, dass diese Insel für mich existierte, als ich sie brauchte – obwohl mir dieser Bedarf damals gar nicht so bewusst war.

Sicher bin ich mir allerdings, dass ich meine Insel jederzeit wieder finden würde – wenn ich es unbedingt wollte, und falls ich dies ernsthaft nötig hätte.

Jan Berger

Nach dem Chemiestudium Promotion im Bereich
Isotopenforschung/Biochemie.

Berufliche Tätigkeit in der Arzneimittelentwicklung.

Leitende Positionen im amerikanischen
Konzernumfeld (Forschung und Entwicklung).

Wechsel in die Selbstständigkeit als Business Coach
und Mentor für Führungskräfte.